「ひまわり」落札

勅使河原 純

めるくまーる

「ひまわり」落札

目次

百番館

後にバブルの時代と呼ばれることになる、一九八六年の秋。日比谷のオフィス街は、まだ夜のとばりが降りるまでには間があるというのに、一瞬人通りが途絶え、奇妙な静けさにつつまれていた。矢代雅彦は、最前から帝国ホテルでひとりの男と熱心に話しこんでいる。ロンドンからやってきた石油会社の重役アンソニー・ブラントンである。

ふたりはプラント輸出にからむ契約締結の話が一段落すると、上の階のレストランへと向かった。内装に白木をふんだんに使った、北欧風の清楚な店だ。壁には長谷川潔の小さな銅版画がかかっている。ふたりは夕食をとりながら、ふたたび新規の取引やこのところの景気動向についても、とりとめもなく喋った。

「円や株式がだいぶ好調のようですね」

「春からじわじわと上がってきています。財政当局はようやく長期の不況をのり越えて、安定成長に入ったとはしゃいでいますが、どうなんでしょう。円はいま一ドル一六〇円ほどですが、一五〇円を切るのはもう時間の問題だと思います」

ふと話題が途切れたとき、アンソニー・ブラントンはフォークの手を休め、こういった。

「ワールド物産は、美術に対してかなり関心をお持ちだとか。置き場にこまるほど資産を保有している日本の企業だから、別段不思議はありませんがね」

アンソニーの言い方には、彼自身がイギリスの有力機関投資家であることからくる、一種の自負心のようなものがただよっていた。

「アートによる社会貢献は好きですよ。ちょっと変わっていて、作品をあつめるとき一切画商を通さない。絵画でも陶芸でも、みんな作家たちから直接買い上げるんです」

「本当の美術愛好家とは、そういうものらしいですね」

「当代一流の作家たちとも親しくなって、先代社長のときには須賀平三郎美術館という自前の施設までつくりました」

「聞いていますよ。六本木の本社ビルのなかにあるとか」

「四七階のワンフロアすべてを使っています」

「恐らく現在、世界でもっとも天国に近い美術館だ。矢代部長ご自身にも、将来のトップ経営者として、支援しているアーティストが二人や三人はいらっしゃるのでしょう」

「私は一介のサラリーマンですから、そんな……。美術については何も知らないど素人もいいとこです」

矢代は思わず赤面し、顔を伏せた。

「でもキヨシ・ハセガワが飾ってある、こんなきれいなお店に連れてきていただいたじゃないですか。小品でも力のあるオリジナルだということは、すぐに判りましたよ」

「アンソニーさんは目が早いなあ。私はともかくとして、いまの社長は創業一〇〇周年を記念して、うちの美術館のために後期印象派のいい作品をあつめたいと考えているようですよ」

「それはちょうどよかった」

「というと?」

「実は、私の弟のリチャード・ブラントンはアートディーラーです。ロスチャイルドの印象派・近代絵画部門の責任者をやっていて、いま東京に絵を持ってきています」

「へえ。二大オークションとして、ニューヨークのブラッドフォード社と並び称せられる、あのロスチャイルド社ですか」

矢代は思わずハッとした。ワールド物産の社長・渡辺紘平は、かねてより欧米のオークションに強い関心をもっている。できれば会社として、ビッド(買注文の申し込み)をしてみたいとも考えている。アンソニー・ブラントンの申し出を伝えれば、きっと身をのり出してくるだろう。ロスチャイルドと本格的につき合うには、絶好の機会だと思った。話がうまく転がっていけば、アンソニーのフィリップス石油会社との結びつきも強化されるにちがいない。

「十二月一日にロンドンで開かれるオークションのため、ロスチャイルド東京でプレビュー（下見会）をやることになったのです。年末のオークションには、たいていその年の最高の作品が並びます。二、三月のオークションよりずっと質がいい。もしよろしければあなたと社長を、弟に紹介させていただきたいのですが」

「私はコンプライアンスのエキスパートで、いまのところ日英双方の法令に適ったプラント輸出契約を結ぶことで頭が一杯です。アートまではとても手がまわらない。海外事業部としては、美術品の購入業務には一切関わっていませんが、このことはすぐにトップへ伝えておきましょう」

矢代はそのころ、美術品のオークションにはプレビューがつきものとは知らなかった。ましてそれがロンドンやニューヨークだけでなく、東京でも行われることなど想像もしていなかった。が、生来カンがいいというか、頭の切り替えの早い男である。すぐさま機転を利かせて
「リチャード・ブラントンさんのような芸術の専門家にお会いできれば、うちの社長もきっと喜びますよ。何しろ彼は印象派と後期印象派の熱烈な信奉者ですから」

とつけ加えた。

「近代美術のなかでも印象派のファンはとくに層が厚い。男女を問わず世界中にひろがってい

ます」

アンソニーがいった。

「いやいや、通常の意味での印象派ファンではありません。うちの社長は、お父上がかつてゴッホの作品をもっていたという、筋金入りの西洋美術愛好家ですから」

「ええっ、どういうことですか」

アンソニーはいくぶん訝しげに訊いた。

「本人の話では、フランス文学者だった父親の渡辺恭平氏が、パリ留学時代にゴッホのデッサンを手に入れられたらしい。ところが第二次大戦がはじまって、いざその絵を日本へ持って帰ろうとすると、マルセイユの港で官憲に没収されてしまったというのです」

「それはお気の毒に」

とっさに言い返す言葉がみつからなかったのだろう。アンソニーは手のひらを上に向け、両肩をすぼめてみせた。


翌週アンソニーは弟リチャード・ブラントンを伴ってワールド物産へやってきた。リチャードは、どっしりと構えた兄に比べてびっくりするほど若い。しかも一九六センチという長身である。茶色のスーツに入った青いストライプが、彼のファッションへの強いこだわりを感じさせた。それが小柄でずんぐりむっくりの渡辺と握手する様は、ちょっとユーモラスであった。

リチャードは渡辺に国際美術市場の現状から、オークションの仕組み、業界でのロスチャイルドの地位にいたるまでこと細かに説明する。お相伴にあずかった矢代も、終始興味をもって耳を傾けた。

「よう判りました。要するに、あるレベル以上の名画を獲得するためには、いまのところオークションに参加するしかない。だが日本にはまだオークションも、そのマーケットも存在してはいない。だからみんなロンドンやニューヨークへと出かけていく。

プレミアム（手数料）としては売り手も買い手も、落札価格の一〇パーセントが原則。さらにプレミアムの一五パーセントの付加価値税（ＶＡＴ）が追加となる。支払いは開催地のロスチャイルドから送られてくる請求書の受領後、一週間以内に指定の銀行口座に振りこむ。代金は開催地の通貨で電信送金すればいいのですね」

渡辺はオウム返しにいった。

「その通りです。パリとちがってロンドンには、キャピタルゲイン系の課税は一切ありません。それに御社の場合、画商の代理人は立てないから、たぶん日本サイドの仲介料はかかりません」

「税金はともかく、プレミアムの一〇パーセントはどうにかならんかね。パーセンテージが大きくて目障りだ」

渡辺はずばりと訊いた。

「各社ともこのレートでやってきているので、すぐには変えられません」

「全部売り手に負担してもらえばいいと思うがね」

「それでは売り手側のリザーブプライス（手取りの最低保証価格）が下がってしまいます。それにここだけのお話ですが、プレミアムはお客様の信用度によって二〇、一五、一二、一〇と四段階に分かれています。高いようでも一〇パーセントというのは、そのなかでもっとも低いパーセンテージなのです」

「いまは極端な売り手市場なので、持ち主たちに負担をかけると名品が出てこないんじゃありませんか」

矢代はリチャードを見上げながら、皮肉っぽくいった。

「おっしゃるように、美術品の売買はプレミアムが馬鹿にならないので、短期の投資には向かないマーケットかもしれません。だからこそ莫大な資金を長期的視野で運用できる日本の総合商社に、本格的にのり出していただきたいのです。的確な投資法をとるなら、株式市場より手堅いのは確かです。いかなる不況の時でも、アートプライスが垂直に下がったという話は聞いたことがありません。

ここまでお判りいただいた上で、一度ロスチャイルド東京のプレビューにお越しいただけませんか。オリジナル作品をご覧いただきながら、さらに突っこんだ説明をさせてもらいます」

「なかなか面白そうだね」

「今年はアメリカの税制がだいぶ変わりました。双子の赤字に悩むレーガン大統領は、美術品の寄付控除をあまり認めない方向に転じたのです。そのあおりを受けて、名作を手放そうと考えているアメリカの富豪はたくさんいるはずですよ」

「ワールド物産は明治二一年に発足し、一九八八年の秋に創業一〇〇周年を迎える。それまでには何とかして、ヨーロッパ近代美術の第一級品を手に入れておきたい。ですから下見会には必ずうかがいますよ」


数日後、渡辺と矢代は約束通り銀座の外堀通りに姿を現した。数寄屋橋の交差点から新橋方面へ一丁ほどいったところに、百番館の瀟洒なビルが建っている。背の高いガラス扉を押し開けて、廊下のつき当たりの階段を下りていく。地下一階のロスチャイルド東京事務所は、こぢんまりとしていたが、それでもシックなつくりで実に落ち着いた雰囲気だった。

すでにリチャードとセールスプロモーション担当のジャネット・トンプソンが、オークションブック（カタログ）を手に待機している。ジャネットはこれといって着飾ってはいない。だがタイトスカートで細い身体をさらに引き締め、黒いジャケットの襟をほんの少し立てただけで、不思議と華やいだ空気を醸し出していた。クールな表情のなかにインテリ味をただよわせる、なかなかの美人である。

四人はギャラリーをゆっくりと歩きはじめる。黒っぽい部屋のなかで、スポットライトに照らされた絵だけが、まるで深海にゆらめく発光魚の群れのように浮かび上がっていた。

「こちらはルノワールの『浴女たち』と、『帽子をかぶった少女』です。日本のコレクターには、いつも一番人気がある絵です」

ルノワール晩年の凡庸な作品は、なかなか本音をみせない日本人客の胸のうちに飛びこむ、またとない切り札である。ジャネットは低い落ち着いた声でゆっくりと話しはじめた。ぎごちなさなど微塵も感じさせない流暢な日本語だった。

「若くて美しい女性には私も心惹かれるが、うちには一世を風靡した美人画家・須賀平三郎の娘たちが大勢いる。それに月の光画廊でもとめたモーゼスお婆ちゃんもいるんでね。ルノワールとケンカになってはまずいでしょう」

渡辺はギャラリーのちょっと奥まったところにかけてある、二〇号ぐらいの風景画に目をとめた。

「こちらは?」

「エドゥアール・マネが一八七八年に描いた『舗装工のいるモニエ街』です」

「ずいぶん明るいね」

「アトリエの窓からみたパリの町並みです。しかし普通の風景画ではありません。舗道や建物がみんな淡い水色で描かれているのです。ですから朝のような清々しさがあり、もっというと実際の景色とはかなりちがった効果を出しています」

リチャードが補足した。渡辺は矢代の方を向いていった。

「どうだい、水の都ヴェニスになったパリだ」

品のいい老夫婦が微笑みながら、ゆっくりと四人のわきを通り過ぎていく。

「通りを馬車が行き交い、人々のさんざめく声が聞こえてきそうだ。作者は申し分のないビッグネームだし、うちの須賀平三郎美術館に置いたらきっと映えるだろう」

「近代都市の生活が明るく描写されています。都市計画という概念も、ひょっとするとこのころ起こったのかもしれませんね」

矢代は渡辺に調子を合わせて答えた。

「須賀先生はパリで、マネの影響を受けられたんだろうか」

矢代は一瞬とまどった表情をみせた。すかさずわきからジャネットが助け舟を出す。

「須賀平三郎がヨーロッパで最初に訪れたのは、未来派の主唱者マリネッティのアトリエです。それからルッソロ、カルラなどをお知りになる。ですから未来派やキュビスムから、あの独得の画風をつくり上げられたのでしょうね。でもマネに象徴される小粋なパリの空気は、存分に吸っておられたと思いますよ」

「マネの値段はどれくらい？」

渡辺がジャネットに訊いた。

「ロスチャイルド・ロンドンのエスティメイト（落札予想価格）では、だいたい三〇〇～四〇〇万ポンド（七～九億円）辺りです」

「その程度なら何も問題はない。値段は手頃だし、時間はもうあまりない。ファン・ゴッホでないのが何とも残念だが、一〇〇周年の記念作品としてはこれでいってみよう」

「ルノワールの二点はどうなさいますか」

ジャネットがすかさず訊いた。

「それも買わなきゃいかんかね」

「そんなことはありませんが、ルノワールを比較的ゆったりと落札してみせるのも手ではないでしょうか。当日の参加者たちに、予め御社の豊かな資金力をみせつけておくのです。そうするとルノワールの後のマネの競りではライバルが減って、かえって全体経費は安く済むと思うのです」

「ふうん、そういうもんですか」

渡辺と矢代は、結局三点のオークションに参加することで合意した。これでいよいよワールド物産も国際オークションにデビューするのかと思うと、矢代の気持ちは自然に浮き立ってくる。一部上場の大企業としては、きわめて稀なケースではないだろうか。紳士淑女があつまる華やかなロンドンの夜に日本の商社が活躍する様を想像しただけで、矢代の胸には何かしら熱いものがこみ上げてくるのだった。

オークション

商社は意外と美術品に縁が深い。あまり知られていないことだが、大口取引先への贈答用にしばしば絵や焼物が利用されるのである。買い上げには通常、総務部用度課が当たる。だが状況しだいでは、社長部局が直接トップの意向を受けて動く場合もあった。

十二月一日のオークションには、そんな事情から経営戦略本部の永澤プロジェクト特命課長がロンドンへ赴くことになった。矢代はロスチャイルドからの情報収集など、もっぱら側面支援にまわる。出発前、永澤は矢代のところへ様子を訊きにきた。

「いよいよ名画を落札してこいとのご命令だ。やっぱりこういう危ない話は、僕んとこにまわってくると思ったよ。オークションに参加するには、どんな恰好をしていけばいいんだろう」

「さあ。私も行ったことないから、皆目見当がつかないなあ」

矢代は笑いながら答えた。

「タキシードに蝶ネクタイでなくてもいいんだね」

「参加者は普段通りのスタイルでいいと思う。ただロンドンはこの時期、わりと寒いよ。それより自分が落とそうとするマネとルノワールの絵柄を、徹底的に頭に叩きこんでおいてもらいたいね。別の作品を落札してきたらえらいことになる。たぶん相当な賠償金を支払わないと、キャンセルは不可能だろう」

ひとまわりも年が離れているせいか、矢代は思ったことをそのまま口にした。

「僕がいくらバカだって、それぐらいは判別できるよ。オジキに拾われてここへ入るまえには、結構手びろくやっていたんだ。いろんな修羅場で体を張って生きてきたから、人と渡り合うのには慣れている。それに今回は、ロンドンでアートコンサルタントの大西先生と合流して、助太刀してもらうことになっている」

「そりゃあいい。絵の判る人に同行してもらうと何かと心強い。美術界の重鎮だからリチャード・ブラントンとの息もぴったりだろう。でもね、油断は禁物だ。何しろ日本の企業がオークションで、四〇〇〇万ポンド（九億三五〇〇万円）を超える高額作品に名乗りを上げるのは、はじめてだから」

「そうかなあ。すでに広嶌銀行や大日邦インクが、やっていると思うけどねえ。去年の十一月には、株式会社ブリヂスターが『座るジョルジェット・シャルパンティエ』という少女の名品を買い上げた。本社から人が出ていって、直接オークションに立ち会ったかどうかは知らないけど」

永澤は気をとり直し、ニヤリとして余裕をみせた。

アートコンサルタントの大西亜喜良は、本社の来賓室で永澤と何度か打ち合わせをした後、ひと足早くロンドンへ発っていった。永澤と大西の思いどおり、すべては順調に推移していく。紳士淑女があつまるロンドンのオークション会場にはじめて足を踏み入れても、さほどの違和感はない。オークションの滑り出しはすこぶる快調であった。

ルノワールの「浴女たち」を指し値どおり一〇四万五〇〇〇ポンド（二億五千万円）で落札する。「帽子をかぶった少女」もほとんど支障なく、五五万ポンド（一億三千万円）で競り落とした。初参加としてはまずまずの戦績である。永澤は、この辺りの価格なら万一転売にまわしても、じゅうぶんに差益が期待できると踏んだ。この調子でいけば「舗装工のいるモニエ街」も何とかなるだろう。意気揚々として最後のマネを待つ。

いよいよマネが登場すると、永澤はリチャードを代理人にして、軽快にビッドしていった。だが「舗装工のいるモニエ街」はなかなか落ちない。そのうち価格はどんどん吊り上がっていき、本社了承の四〇〇万ポンドはおろか、七〇〇万ポンドの大台も超えてしまった。主催者発表のエスティメイトのほぼ二倍である。永澤の気持ちにわずかながら〝躊躇〟が芽生える。当時ロンドンでは、ワールド物産のほかにもかなりジャパンマネーが入りこみ、国際美術市場はすでに過熱気味の複雑な動きをみせていた。永澤のとなりに控えていた大西にも不安が伝染し、ふたりはだんだん心細くなってくる。

たとえ七〇〇万ポンド（一六億円）で落とせたとしても、取締役会は何というだろう。これまで億単位の絵画など買ったためしはない。経営戦略本部のベテラン職員の話にもとんと聞いたことはない。たった一点で、須賀平三郎美術館の年間運営費を凌駕してしまう金額だ。永澤は極度の緊張から膝を小刻みに震わせはじめた。口はからからとなり、太腿の内側にわずかに汗をかく。長年の経験から、それが〝逃げろ〟のサインであることを永澤はよく知っていた。

大西はあらぬ方向をみつめ、決して永澤をみようとはしない。不安は七二七万ポンド（一七億円）になったとき、さらに膨れ上がっていった。その気配を察知したのだろうか。背後からスイスの富豪が、これでもかこれでもかと強気に浴びせかけてくる。「七〇〇万、七三〇万」という掛け声が、鉄の鏃《やじり》のようになってふたりの背中につき刺さった。

七五〇万ポンドを超え、七六〇万ポンドを打ち破り、七七〇万ポンド（一八億円）に到達したとき、永澤に「俺はいま損をしている。明らかに割に合わないことをやっている」という強迫観念が生まれた。ついに金縛りに遭ったようになり、どうしても入札のシグナルが出せなくなってしまう。しかも間が悪いことに、代理人リチャードはそうした永澤の気持ちの変化を、ただちに了解することができなかった。

このままビッドを継続するのか、それとも断念か。判断のつかないまま、リチャードとオークショニア（競売人）エリック・マリオンの間で、若干呼吸の乱れが生ずる。そして気がつくと、もはやスイスの富豪に対抗できる者は誰もいなくなっていた。「エニー・モア」と連呼するエリックの声につづき、会場にはハンマーの大きな音が響いた。「舗装工のいるモニエ街」は富豪のものとなったのだ。

事情通の新聞記者たちは、あちこちで
「これはレコードプライスじゃないか」

と騒ぎはじめた。永澤と大西は下を向き、ぎゅっと唇を噛みしめる。何としても避けたかった「舗装工のいるモニエ街」のアンダービッダー（二番札の入札者）となってしまったのだ。東京にはエドゥアール・マネなしで帰らなければならない。

当初の責任はじゅうぶんはたしたというのに、この打ち沈んだ気持ちはどうしたことだろう。不名誉な思いは代理人のリチャード・ブラントンにしても同じだった。リチャードはマネの競りが終わると、すぐさま東京へ電話を入れる。地球の反対側は夜明け前であったが、電話口に出た矢代の声はすこぶるはっきりとしていた。

「予想外の結果となりました」

「マネは獲得できなかったのですね」

矢代は念を押す。

「そうです。部長にこんな言い方をしては何ですが、コレクターとは元来保守的な人種で、往々にして頑固です。人の趣味や価値観にはあまり関心を持たない。つねにわが道を行こうとする孤高の戦士です。ところが最近それにとってかわって、高度に洗練された投資戦略と爬虫類的な貪欲さをあわせ持った、新人類が登場してくるようになりました。おかげでアートマーケットには、これまでみられなかった不可思議な動きがしばしば出現してくる」

「とおっしゃると？」

矢代は具体的な説明に入るよう促した。

「価格はいきなりジャンプし、前例のない値幅で危険なまでに高騰する。まるで美術品よりもパソコンの画面をにらみながら、勝手放題に競っている感じです」

「アートの世界ではないが、私も最近そんな不安を感じています。金融市場ではプログラムトレーディングがもて囃されているが、コンピュータは自動的に作動するため、いつも価格の変動幅を必要以上に拡大させる傾向がある。注意しないと、こちらがコンピュータに呑みこまれてしまいますよ」

「人であれ機械であれ、美術品のプライスが作為的に操作されるのは、決して好ましいことではありません」

そして話の最後に
「これからは矢代さんと私が、もっとオークションの前面に出ていかなければいけません。そうすれば次は必ず大物を落とせますよ」

と、精一杯強がってみせるのを忘れなかった。

同じころブラッドフォード・ロンドンのイブニングセールでは、日本人バイヤーたちが群がるようにしてミレー、シャガール、ローランサン、ルオーを競り落としていた。オークションの終わり近くでは、ジョルジュ・ブラックのキュビスム作品が六六〇万ポンドで落札され、一九世紀作品のレコードをマークしたのである。

「マネ届かず」の知らせは、ワールド物産ロンドン駐在員事務所からただちにファックスで、東京本社へもたらされる。手に入れたルノワール二点は、意外にも日本のマスコミからはまったく相手にされなかった。甘ったるい表現の二流絵画として、完全に無視された恰好であった。

役員のなかには、こうしたオークションへの参加をよくいわない者もいる。負けん気の強い渡辺は、ひどく不機嫌であった。指し値四〇〇万ポンドと最終価格七七〇万ポンドの乖離《かいり》からいって、永澤課長に責任はないと承知しながらも「落札目前で尻尾を巻いて逃げ帰ってくるとは何ごとか」という思いが、終始頭から離れなかった。永澤が目をかけてやっている甥っこだけに、まるで自分自身が満座のなかで辱めを受けたかのような、いたたまれなさである。

渡辺には、子供のころから意にそぐわないことが起こるとじっと空をみつめる癖があった。〝お天とう見〟のあだ名の所以である。このときも社長室の窓から、しきりに六本木の空を見上げていた。

「海外のオークションで、世界の大富豪たちと互角に渡り合うのは、そう簡単なことではないのかもしれない。何しろ彼らは、銀の匙をくわえて生まれてきた根っからの特権階級だ。会社の総資産は二兆円に迫る勢いだなどと威張ってみたところで、所詮競りに立ち合うのは一介のサラリーマンに過ぎない。よほど土性骨を据えてかからなければ、跳ね飛ばされてしまうだろう。

これぞと思うものを徹底的に追いつめていく猟犬のような根性がなければダメだ。大切なのは代理人ではなく、立ち合い者本人の勝負カンであり、度胸であり決断だ。まずは名画を落としにきたんだという明瞭な意識がなければどうにもならない。勝負の押さえどころは、輸出入交渉の日常業務とちっとも変わりはしない。今度機会があったら、思いっきり肝の座ったやつを送りこんでやろう」

そして自らを慰めるように、「肝の座ったやつ」とくり返しつぶやいていた。

実際マネの不落札は、ワールド物産にいくつもの教訓を残した。その最大のものは、オークションとはコレクターとコレクターが巨額の資金を調達してぶつかり合う、情け無用のマネーゲームだということである。世界中から情報をあつめ、国際為替の障壁をクリアし、たとえ一円の差でも勝ちは勝ち、負けは負けのきびしい世界だ。

そしてオークションハウス（競売会社）が公表するエスティメイトと現実の落札価格の間には、時としてとんでもない開きのあることも判った。オークションルームに颯爽と現れ、あっという間に獲物を分捕って立ち去る人物とは、単に財力だけに物をいわせる狩人ではない。衆人環視の修羅場をくぐり抜ける瞬時の洞察力と、並外れた財力をあわせ持ったこの時代のエコノミック・ヒーローである。

しかし裏を返していえば、落札者は並み居るビッダーのなかで、もっとも高値をつかまされた〝愚か者〟でもある（落札価格が適正かどうかはいつも議論の的だが、結局は判らないままだ）。そしてこの愚かさが度外れて、「舗装工のいるモニエ街」のようにレコードプライス（史上最高額）樹立ということにでもなれば、世界中の耳目がその一点にあつまるのは必至だろう。

現にイギリスでは、一八七六年にゲーンズボロの「デヴォンシャー公爵夫人の肖像」が打ち立てた一万ポンドのプライスは、いまもって人々の語り草になっている。ワールド物産の最高幹部たちは、マネの獲得失敗によってしだいにこの、わが国初のレコードプライスという甘い蜜の存在に気づきはじめた。そしてそれを一度は口にしてみたいと、真顔で願うようになったのである。

「ひまわり」

チャンスは意外に早くやってきた。年が明け、一九八五年の一月末になると、ジャネットは矢代にゴッホの名作「ひまわり」が売りに出されたと連絡してくる。矢代はとっさにリチャードの「次は大物」という言葉を思い出していた。

アイルランド系アメリカ人チェスター・ビーティー卿の息子夫妻が亡くなり、遺族は長年保持していた「ひまわり」を手放すことに決めたのだ。こうした場合オークションハウスの動きは、往々にして驚くほど素早い。一説によると、ロスチャイルドのスタッフが資産家のもとに到着したのは、葬儀屋より先であったという。葬式が終わると、彼らは早速美術品の売却受託委員会に「ひまわり」の完璧なプロヴナンス（来歴）と、うつくしい図版を載せたオークションブックを提示する。

そしてチューリヒ、ニューヨーク、東京に焦点をしぼったプレビュー案を示し、オークションブックを徹底的に活用したセールスプロモーション戦略を説明したのである。その際コレクターに関する極秘データのなかで、東京のワールド物産は安定度抜群の優良顧客として、五指のなかに入れられていた。オークション歴がないことはさしてマイナス要素にはならない。

「東京市場は株式だけでなく、美術品でも活発な動きをみせています。このところの趨勢から、当社のオークションにかけていただければレコードプライス達成は間違いなしです。それもジャパンマネーの介入によって、とんでもない金額へジャンプするかもしれません」

と力説して、受託委員会からオークション権を獲得する。作品そのものも遺族からロスチャイルドが供託を受けた。

決め手はやはり八六〇万ポンド（二〇億円）を超える強気のエスティメイトと、レーガン政権が押しすすめるタックス・リフォーム・アクト（税制改革法）であった。最高累進税率が適用される高額所得者たちにとって、購入後の値上がり分がそのまま寄付控除に認められる美術品は、実に頼りになる節税型資産であった。ところがその控除メリットがなくなると、絵画は〝寄付したくてもできない〟厄介なシロモノへと変身してしまう。ロスチャイルドは、名画が土壇場になってとり下げられないよう、受託委員会との間で契約書をとり交わすことにした。

渡辺は社長室に矢代を呼んで、ことの成り行きを尋ねる。

「ロスチャイルドから連絡があったそうだね。新しいオファー（提案物件）は何だ」

「ジャネット・トンプソン女史の説明によれば、ザンビアの銅鉱山開発で財をなしたチェスター・ビーティー卿が、二〇年代にあつめたコレクションからの重要出品物です。卿は夫人のため一九二八年にゴッホの『ひまわり』を買っています。そして最後まで自宅の居間にかけて楽しみ、没後は令息の未亡人へレンが所有しているそうです。

現在世界に六枚しかないシリーズの一点で、サイズはもっとも大きく、バックの黄色も飛び抜けて鮮やかだそうです。世界中のコレクター垂涎《すいぜん》の的で、アメリカの大美術館が獲得に向けて、いくつも名乗りを上げているそうですよ」

「そうか、やっぱりそうだろうな。人類の宝だからな。私は絵描きのゴッホについては、子供の時分から父親にくり返し聞かされている。だから彼の作品にはひときわ強い思い入れがある。なかでも黄色の魅力を前面に押し出した『ひまわり』への憧れは、言葉では到底いいあらわせないものがあるんだ」

「ずいぶん劇的な人生を送った人のようですね」

「キリスト様みたいにみんなの苦悩をひとりで引き受けて、贖ってくれた殉教者というところだろう。『ひまわり』は一枚の絵でありながら、人々を闇から救い出してくれる、有り難い守り本尊になるかもしれない。多少性格に偏屈なところのあった人だが、『ひまわり』が人類共通のスーパートレジャーであることに変わりはない」

矢代はちょっと意表を衝かれた思いがした。自らの思いのまま、豪放磊落《ごうほうらいらく》に生きてきた渡辺紘平の口から、こうした言葉が出てくるとはまったく予想していなかったからだ。

「とうとうこっちにもツキがまわってきたのかもしれないな。マネをとり逃がしたのが、かえって幸運につながるということだってある」

「東京のプレビューは二月の終わりです。オークションの本番はロンドンで、三月三十日の夕刻に行なわれるそうです」

「内覧会で現物を確認し、気に入ったら直ちに獲得準備にかかろう」

渡辺の言い方は、いつもにも増して決意に満ちていた。その背後には恐らく、株や土地、美術品などの資産価値だけが急激に上昇していく不気味な現象への、いうにいわれぬ焦燥感があったものと思われる。日経平均株価はこの年の一月三十日、史上はじめて二万円を突破する。地価も相変わらず二ケタの伸びをつづけていた。まして数が限られている巨匠の名画ともなれば、価格の上昇は天井知らずだ。ぐずぐずしているわけにはいかない。ワンチャンスでものにしないと、いつまためぐり会えるか見当もつかないという当時の〝常識〟が重くのしかかっていた。

その後ロスチャイルドから送られてきたスケジュール表をみて、矢代は「おやっ」と思った。チューリヒ、ニューヨーク、東京、ロンドンのはずの順番が、いつの間にか東京、ニューヨーク、チューリヒ、ロンドンと逆まわりに変更されていたのである。ジャパンマネーを意識してか、東京中心の日程に組み替えられた節がある。とすると自分たちは、「ひまわり」落札の本命ないし準本命とみられているのかもしれない。

マネのときのアンダービッダーの実績が、まわりまわってこんな風に作用してくるのかと思うと、矢代はひとり苦笑した。しかしその変更がロスチャイルドの判断ではなく、受託委員会から出された要請であったことは、まったく知るよしもなかった。実際のところ名画の売り手たちは、虎の子作品をタイミングよく市場に出す高等技術では、誰にも引けをとらないプロ中のプロであった。彼らがターゲットにしていたのは、すでに債務国に転落していたアメリカではない。アメリカ経済を何とか立て直そうと、ヨーロッパ各国と足並みをそろえて為替調整に踏み切った日本のアートマーケットであった。

バブル元年と称される一九八五年九月二十二日に成立をみたプラザ合意は、いわば対米輸出規制の最大にして最後の切り札であった。円をドルに対して一気に一〇~一二パーセントも切り上げるという日米共同の大博打は、結果として日本の対外購買力を飛躍的に伸ばすことになった。ジャパンマネーは世界のあらゆる場面で猛威をふるい、美術市場も決してその例外ではない。その日本でいち早く有力な顧客を獲得することこそ、リチャードやジャネットに課せられた第一の使命《ミッション》だったのである。

「ひまわり」のプレビューは、一九八七年二月二十六日から三日間行われている。会場は前回と同様、百番館ビルのロスチャイルド東京事務所である。ひどい寒さのなか、渡辺と矢代は初日の夕方に訪れた。地階に降りていくと、腕に社章をはめた新聞記者らしい数人が、ジャネットの周辺でしきりとメモをとっていた。皆の関心は、もっぱらアートビジネスが、この先日本でどうなっていくかにあつまっている。

「去年の美術品輸入総額は五六三億円です。今年は一四〇〇億円を越えるでしょう。でも世界からながめるとまだまだです。アメリカのアートマーケットは四兆規模といわれています。ニューヨークだけで二兆円以上ですよ。第一次大戦後のアメリカを思い出して下さい。富める国が、戦争で疲弊してしまった国から美術品を獲得するのは歴史の必然です。問題はそのパイをみんなでどう分け合うかです。われわれ世界を舞台に活躍している企業と、相変わらず閉鎖的な交換会にこだわる国内業者のやり方は、まったくちがっています。当然かなりの軋轢を覚悟しなければなりません」

ジャネットの口調は自信に満ちていた。

「問題点はどこですか」

「そうですね。価格を透明性の高いオークションで決めていくという国際ルールに、日本の人たちがどこまで対応できるかでしょうね」

「ビジネスのグローバル化というお話ですか」

「それだけではありません。究極的には芸術の価値づけを人任せにしないで、自分たちでも応分の責任を持とうという美学上の問題です」

「欧米のアートについてもですか」

「どこで生まれた美術でも、結局は人類全体の財産ですから」

「自分たちで責任を持つといっても、関与するのは大手オークションハウスと大型の機関投資家だけではないのですか」

「いまはそうでも、やがて力のある個人コレクターが育ってきます」

渡辺と矢代は彼らのわきを足早に通り過ぎた。「ひまわり」は他の五作品とともに、びっくりするほどさりげなく壁にかけられている。絵の手前にはロープのパーテイションが置かれ、天井からは柔らかなカクテル光線が降り注いでいた。右側にエミール・ノルデの「ひまわり」が、まるでゴッホに歩調を合わせ護衛でもするかのようにそっと添えられている。デッドストックなのかもしれなかったが、それにしても心憎い演出ではある。

渡辺は押し黙ったまま長時間作品に見入っていた。やがて、腹の底から絞り出すような声で
「この色彩の鮮やかさ、この盛り上がるタッチ。どこをみてもゴッホの生命力がほとばしっている。まったく予想通りだ。いや予想以上だ。こんなに寒いのに体中が、何だか雷に打たれた

ようにカーッと熱くなってきたよ」

といった。

「そうですね。私も絵をみて、こんなに興奮したことは一度もありません」

矢代も言葉にならない。

「太陽を思わせる圧倒的な存在感だ。われわれにとっては正に運命の一点というほかはない。こりゃあ、えらい騒ぎになるぞ」

「失敗は許されませんね」

「そうだ。今度とり逃がしたら、あの世に行っても先代の東さんや笹森社長に、それから須賀平三郎画伯にだって顔向けできん」

ふたりはその場に、しばし呆然と立ちつくしていた。ロスチャイルドのエスティメイトは、最初からレコードプライスをはるかに超える一〇七〇万ポンド（二五億円）である。だがそれにもかかわらず、渡辺をはじめ誰もそんな価格で落とせるとは思っていなかった。下見会場にきていたカップルのほとんどが、どんなに安くても三〇億円はいくだろうと踏んでいたのである。

美術道楽もこの辺りのレベルになると、なかなか個人では手が出せない。たとえ元手の目算が立ったとしても、とても亭主ひとりでは決められない。つねに夫婦ペアで行動し、何ごとかひそひそとささやき合いながら、自分たちの財力に適った方向を見定めていくのである。

矢代はリチャードとふたりだけになると、そっと訊いてみた。

「みているとゴッホのように値段の高い画家と、それほどでもない人がいます。同じゴッホでも、高い絵と安い絵があります。その差は一体どこからくるんでしょう」

「平凡な言い方ですが、その作品がどれだけ本音で語っているかです。ですから高額の絵を狙うコレクターは、必死になって画面の声を聞き分ける耳を持たなくてはなりません。『ひまわり』クラスになると絵が持ち主を選ぶのです。経済力はあっても、声の聞こえないコレクターのところに、名品はめったに転がっていきません」

「画面の声が聞こえるようになったら、レコードプライスを出す作品も判別できるのですか」

「それはどうでしょう。レコードプライスというのは、また別のことですからね」

「この世には、レコードプライスを運命づけられた絵というのがあるのですか」

「それが実はあるのです」

「どんな作品かぜひ知りたい。私にその見分け方を教えて下さい」

リチャードはしばらく考えこんでいたが、やがて答えた。

「うーん。ドミニカの大富豪アイザック・レードマンは、最高の作品はつねにわが手にあらず、などと面白いことをいっています。この秘密を知っているのはロンドンのE・ポール・ゲティ二世と、ニューヨークのロナルド・ラーダーなど、世界でもほんの一握りの資産家たちだけです。彼らは巨額の投資をくり返して、ついにこの奥義を体得しました」

「巨費を投じた者だけが知り得る法則ですか」

「まあ、そんなところです。もしもワールド物産が『ひまわり』を獲得し、立派なオーナーになられたら、矢代さんもきっと世界でもっとも高額になる絵の不思議な法則といったものを、自然に体得されますよ」

リチャードは何やら意味ありげに、ニヤリと笑った。矢代はその瞬間、世界の大富豪たちにほんの少しだけ近づいたような、快感とも恐怖ともつかない奇妙な感情に襲われたのだった。

翌二月二十七日、ジャネットとリチャードはワールド物産にやってきた。プレビューへの出席に礼をいい、あらためて渡辺と矢代にオークションへの参加を要請するためである。プレビューはその後ニューヨーク（三月六日～九日）、チューリヒ（三月十三日～十五日）とまわり、ニューヨークでのエスティメイトは実に一七一五万ポンド（四〇億円）を超えるところまで跳ね上がっていった。レコードプライスが出るのは確実とみたニューズウィーク誌は、急遽表紙を「ひまわり」の絵に差し替えるあわただしさである。

渡辺は迷っていた。周辺には元気のいいことをいうが、いざとなると決断がつかない。文化と貨幣価値の相克は、行けども行けども先のみえない迷路そのものだった。須賀かおる、吉井淳一など、何人かの親しいアーティストたちに電話をかける。アートコンサルタント大西亜喜良にも相談してみた。だが、みんな芸術の中身はそっちのけで、購入金額の大きさに肝をつぶした。そして最後にたどり着いたのは、昭和電光名誉会長の鈴木治生であった。

「ゴッホの『ひまわり』は本当に素晴らしい。人の魂を揺さぶるものがあります。高額な美術品の購入といっても、これはいわゆる財テクなどとはまったく別の話です。私は企業が絵画を買うこと自体、素晴らしいことだと思うんです。ちょっと想像してみて下さい。地味な企業のイメージを向上させるといっても、スポーツイベントのスポンサーになるより、名画を買って美術をサポートする方がはるかにノーブルです。

しかも一瞬で消えていくスポーツに対し、作品は手放さない限り未来永劫に残っていく。それだけ人々に訴えかける効果も持続するというわけです。ある会社に入ったら、花一本見当たらない。ただ真っ白な壁ばかり。別の会社に行ったら今度は洒落たギャラリーがあって、みんなが知っている名画がかけてある。そうしたらどうでしょう。その差は歴然ではないですか。企業にとって、文化や芸術の意義のひとつは、こうした面にあらわれると思うんです」

渡辺の興奮した口調を聞いて、鈴木は言下にいった。

「そうですか、そんなにいい絵ですか。目利きの渡辺君がそれほどにいうなら、もう迷うことはありません。一億円や一〇億円の絵なんかお止めなさい。そんなものを何枚かもつより、たとえ三〇億でも四〇億でも日本人にポピュラーな絵を一枚持つ方が、日本のためにも、ワールド物産のためにもなる。わきからの雑音を気にせず、どんどん買いに出ることです」

渡辺はようやく腹を決めた。

幻のデッサン

「ひまわり」がロンドンにもどった三月十六日、渡辺は内々に矢代海外事業部長と情報コントロールの要である笠井徹広報室長、それに側近ナンバーワンの永澤プロジェクト特命課長を呼びあつめた。場所は、若き日の思い出がいっぱいにつまった大手町の旧本社ビル応接室である。いまでは誰も使わなくなったこの部屋なら、人目につかず、何時間でも話し合っていられると考えたのだ。四人は自動販売機のコーヒーをテーブルに置き、車座に向き合った。渡辺は静かにこう切り出す。

「先日『ひまわり』をみてきたんだが、私の予想をはるかに超えた名品だった。電気ショックに打たれたようで、体中が熱くなってしばらくは動けなかった。まったく、あっという間に夢中になったよ。ゴッホは人の心に火を点ける名人だ。おまけに勇気と情熱にもあふれている。これらは企業の経営にとっては、もっとも大切な要素だ。

そこでだ。何とかしてこの比類なき傑作を日本に招来し、須賀平三郎美術館の目玉作品としたい。今度はどんなことがあっても成功させたいんだ。マネの二の舞いだけは絶対にやりたくない。いってみればワールド物産一〇〇年の名誉とメンツがかかっている。そこでゲン直しの意味も含めて、今回は海外事業部長の矢代君に出張してもらい、オークションにも参加してもらいたいんだが、どうかね」

三人とも押し黙っている。

「みんな判っていると思うが、世界はいまG5とかG7とかいって、通貨の大競合時代に突入している。円はこの先まだどんどん上がっていくだろう。私のカンでは夏までに必ず一ドル一四〇円代を割りこむ。日本はこの戦いに敗れるわけにはいかない。名画の取得などはその流れのなかの、ひとつの局地戦と考えてほしい」

「異論はありませんが、そんな大役が私に務まるでしょうか。美術には明るくないし、第一オークションなんて一度もみたことはありません。趣味はゴルフと、それにときたまのオペラ鑑賞ぐらいのもので……」

矢代は恐る恐る尋ねた。

「問題は美術の知識があるかないかではない。オークションで並みいる世界の資産家たちを相手に、位負けしないで『ひまわり』をもぎとってこれるかどうかだ。その点矢代部長は、国際畑で毎日ニューヨークやロンドンとやりとりしていて、白人相手の交渉ごとには長けている。

何といってもプラント輸出交渉のエキスパートだからな。私は全社を見渡しても、矢代部長ほどの適任者はいないと思うがね」

「松下常務はどうです。米国部長としての輝かしいキャリアがありますよ。レーガン大統領の懐刀、ベーカー財務長官とだって差しで渡り合える」

矢代が逆に提案した。

「ダメだ。何かあったとき常務が出ていてはまずい」

「大蔵省や扶桑銀行が放っておかないでしょうね。われわれ財閥系企業の宿命みたいなものだ」

笠井が補足する。

「この任務の難しさは、いまのところ現場を経験した僕が一番よく知っている。矢代部長が適任かどうかはともかくとして、冷静さと語学力を兼ね備えた人でなければあのきびしい土壇場はとてもかいくぐれないだろう」

永澤がわきから言葉を添えた。渡辺はその一言を待っていたかのように、紙コップのコーヒーを一気に喉に流しこむと、強い調子でいった。

「よし、決まった。その線でいこう。矢代部長には本来の任務でなくて申し訳ないが、会社のためだ、一肌脱いでもらう。永澤特命課長には引きつづき本社側の責任者として、この件いっさいをとり仕切ってもらう。矢代君がロンドンで動きやすいように、しっかりとフォローを頼むよ。

　いまのところ社内でこのことを知っているのは、われわれ四人だけだ。落札が確定するまで、すべては極秘と心得ておいてほしい。事後の発表もワールド物産のペースですすめていきたい。情報が漏れると、思わぬ所からどんな茶々が入るか知れたものではない」

　彼の並々ならぬ決意は、三人にも痛いほど伝わってくる。

「それからちょうどいい機会だから、この際私のゴッホに対する思いも、みんなに聞いておいてもらおう」

　渡辺はやや間を置いて、ゆっくりと喋りはじめた。

「私の父・渡辺恭平は、東京清心女子大で教鞭を執っていたフランス文学者だ。戦前から何度かパリへ留学しているが、ゴッホの『ひまわりのデッサン』を人から贈られて手に入れたらしい。いかにも嬉しそうに、A・ブートンを通じてある人からヴァンサン・ヴァン・ゴーグをもらってねえ、などと話していたものだ」

「手に入れたのはゴッホ一点だけですか」

　永澤が訊いた。

「いや、他にもマッソン、レイ、ロアとかいっていたが、いずれ名のある作家のものではないだろう。そうこうするうち、ドイツは攻めてくるし、日本は真珠湾に奇襲攻撃をしかける。パルチザンが暗躍するパリにいては危ないというので、マルセイユに逃げてきたのだ。ところが同盟国でない日本へ美術品を送ることはできない。船積みの直前に、全部官憲に没収されてしまった」

「それは残念でしたねえ。無事輸送していれば、いまでは大変な文化財になっていたはずだ」

矢代が相槌を打つようにいった。

「厳重に梱包されたデッサンが、かえって怪しまれたんだろうね。軍の機密文書と間違えられ、父はスパイ容疑でピレネー山中の監獄へと送られてしまったんだ。三ヵ月の拘留期間を終えても嫌疑は晴れず、不良分子ということで国外追放になる。結局その汚名を被ったまま、昭和四三年に七一歳で死んだのだ」

「随分無茶な話ですね。とても文化国家とは思えない」

笠井が憤慨していった。

「わけの判らない作家たちと、いい気になって、夜ごと遊び騒いだのが仇《あだ》になったらしい。フランス警察は、そもそも『ひまわりのデッサン』なんて最初から存在しなかったと、強く主張したんだ。父は死ぬ間際まで、ゴッホの『ひまわりのデッサン』をみつけたい。あれさえあれば、私をスパイ容疑に追いこんだ連中の陰謀は、すべて明らかにできるといっていた」

「どんなデッサンでしょうね」

永澤が訊いた。

「いまとなっては、父の日記に『ひまわりのデッサン（人物之図）』と記されているだけだよ。私もパリを訪れる度に探したんだがね。一向に手がかりなしだ。永澤課長も渡辺家の一員だから、この辺りについては何か聞かされていないか」

渡辺は永澤の方をみながらいった。

「さあ、どうでしょう。恭平さんにはお気の毒なことをしました。でもここで諦めてしまうのは早いでしょう。ひょっこりとまだ何かみつかるかもしれない」

永澤が慰めるようにいった。

「それで気になるのは、やっぱり父が手に入れたデッサンのことだ。ゴッホの自画像が花に囲まれて描かれているらしい。この『ひまわりのデッサン』さえみつかれば、あの世の父も私も安心できる。スパイなんかじゃないと疑念なく証明できるのだ」

「まさに渡辺家因縁の〝幻のデッサン〟ですね」

笠井がいった。

「まあそんなわけで、私としては今回是が非でもゴッホ作品を落札したい。そして『ひまわりのデッサン』の情報も入手しやすい状態にしておきたいのだ」

それだけいうと渡辺は目を閉じて、何事か考えこんでいた。

「とにかくオークションに参加しなければ何もはじまらない。極秘でビッドすることは、東京支社だけでなくロスチャイルド本社にも徹底させましょう。ちょうどヨーロッパで契約しなければならない石油精製プラントの案件があるので、私の出張の名目はそちらにします。航空チケット、ホテルの手配などはすべてロンドン駐在員事務所でやらせます」

矢代が笠井と永澤に向かっていった。

「予想価格についてはマネの教訓を生かし、ぎりぎりまでロスチャイルド・ロンドンに情報をあつめてもらいましょう。いまのところの状況を申し上げると」

矢代は少し間を置いてつづけた。

「われわれのライバルとしては、世界一金まわりがいいと評判のポール・ゲチィ美術館、すでに青いバックの『ひまわり』を所有しているフィラデルフィア美術館、杉原美術館のオーナー杉原玲二郎氏などの名前が上がっています。オークション作品に一番近い『ひまわり』を持っているロンドンのナショナルギャラリーには、いまのところ目立った動きはありません。不気味なほど静かです」

「その辺り、もう少し噛み砕いて説明してくれないか」

渡辺がやっとわれに返って矢代に尋ねた。

「アメリカの石油王ポール・ゲチィがロサンゼルスにつくった美術館、通称ゲチィ・ヴィラは古風な上にかなり手狭です。うちの久永学芸員によると、すでにボードメンバーの間で、新しいゲチィ・センターをここ一〇年以内に、別のところでオープンさせる話がすすんでいるらしい。

今度のビッドは、その計画とも密接にからんでいるのでしょう。なにしろ財団の資金は利子だけでも年間六、七〇〇〇万ドルに達するという話ですから、『ひまわり』一点に狙いを定めてきたらきわめて手ごわい相手です。フィラデルフィアは女性のエリザベス・ダルノンコート館長が、出版業者のウェルター・アンネンベルグと組んでやってくる可能性があります。オークション経験豊富なプロ集団です。攻めは果敢だが、引きもめっぽう早いらしい。

杉原玲二郎は独自の芸術観で鳴らす、やや偏屈なコレクターです。中国陶磁が専門ですが、気に入るとどこへでも進出してくるようです。いまのところ『ひまわり』に食指は動かしていませんが、一応警戒しておかないと」

矢代が手許資料をめくりながら報告する。

「杉原さんは日経アート誌のインタビューで、オークションは気魄とタイミングが勝負のケンカだなどとぶち上げていますよ」

わきから笠井が口をはさんだ。

「なかなかいいことをいうじゃないか。ケンカはタイミングが命だ。私はそのことを鹿児島の海軍航空隊で、特攻命令を待ちながらつくづくと思ったね。一九機も出撃しながら、ほとんどもどってはこなかった。いいやつから先に死んでいったよ」

「それで？」

永澤が顔を上げていう。

「やっと自分の番がまわってきたと思ったら、今度はエンジン不調だ。奄美の周辺にはいっぱい小島があるのだが、そのうちのひとつ諏訪瀬島に不時着せざるを得なくなってしまった」

渡辺は往時を思い出すようにしていった。

「杉原玲二郎が撹乱してくれているおかげで、確かに日本人への注目はだいぶかわし易くなっていますね」

矢代は資料に目を落としたまま答える。

「われわれの行動は気づかれていないだろうな」

「その兆候はまったくありません」

矢代と笠井が声を揃えた。

「うちの場合には、私が直接国際電話でビッドしていく手もある。主催者側のエスティメイトが一七一五万ポンド（四〇億円）だから、その近くまでは行くかもしれない。しかしそれで落ちないとなると、後は諦めきれない連中を、ひとりずつ腕づくで引き剥がしていく血みどろの勝ち抜き戦となる。その先は前人未踏だから、ただひたすら気力で押すしかない。みんな万全の構えで頼むよ」

渡辺は念を押すようにいった。

「ロンドン駐在員事務所の町田章一という男は本社採用ではありませんが、頭も切れるし、性格もしっかりしています。事情を話してリチャードに密着させ、逐一情報をあつめさせましょう」

矢代は信頼する部下を推薦した。

「いいだろう。期待通りの働きをしてくれたら、こっちの総務部に抜擢してもいい。村田総務部長が若手の元気なのをひとりほしがっているんだ。内外の支援態勢が、勝敗を分ける重要なキーポイントになるかもしれないな」

競争相手

　矢代のロンドン行きは三月二十九日、成田二二時三〇分発ＪＡＬ四二一便と決まった。妻・悦子にはロンドンの駐在員事務所に顔を出した後、スペインのマドリードで仕事をしてくるとだけ告げる。ちょっと後ろめたい気がする。矢代は思わず心のなかで手を合わせた。町田は相変わらずオークション前後のスケジュールを、ファックスで刻々と送ってきていた。渡辺は最後まで

「世界に六点しかない大傑作なんだから、度胸をもって、是が非でも落としてこい」

　と威勢がいい。どう転ぶか判らないオークションを、心底楽しんでいる風である。彼にはこうしたチャレンジを、すぐに自社の歴史とつなげて考えたがるところがあった。

「重機械類の輸出に現地での組み立て、稼動を含めたプラント輸出は、中近東の石油産業と東南アジアの資源開発プロジェクトを中心にすすめられてきた。日本ではわが社の前身、東京産業が戦後すぐにインドネシアで行ったのが最初だ」

話しはじめると、たいてい三〇分はとまらない。

彼にいわせれば、オークションはエネルギー・プラント、バイオテクノロジー・プラントのはるかな延長線上に登場してきた、八〇年代の新たなフィナンシャル・プラントだったのである。東京電発会長の平磐外四が、渡辺紘平を「冒険ダン平」と呼んでさかんに囃し立てたのも無理はない。矢代はその勢いに呑まれ、先は自然に何とかなるような気がしていた。だが出発の前日、二十八日の夜になって、いきなりリチャードから自宅に電話がかかってきた。

「突然強力な競争相手が、別の大陸に出現しました。そのため落札価格が大きくアップする可能性があります」

声の調子からすると、よほど強力な相手なのだろう。かなりうろたえている。

「それでいくらぐらいですか」

矢代は訊いた。

「少なくともニューヨークでのエスティメイトを超えて、二〇〇〇万ポンド（四七億円）を下まわることは絶対にありません」

中近東かどこかの大金持ちが、ロンドンのプレビューで「ひまわり」を見つけ、猛烈な高値を吹っかけてきたという感じだった。直ちに渡辺に連絡するが、あいにく土曜日の深夜ということで電話がつながらない。結局そのままロンドンに発ち、後の指示は永澤課長に任せることにした。かなり報告しにくいと感じたのだろう。永澤は深夜の電話で執拗に食い下がる。

「あなたがロンドンに到着するまでに、何とかオジキに話を通しておくよ。それにしても一八〇〇万ポンドでは落とせないのか。相手は一七一五万の線だろう。財務リスクのマネジメントでは、想定される最大の支出を最小のコストで処理する、ミニマックスが原則だったよねえ」

夜の巷で数々の武勇伝をつくってきた人物らしからぬ物言いである。

「リチャードは二一〇〇万を呑んでほしい口ぶりだ。それでも確実かどうかはいえないだろうが」

「彼はわれわれの代理人だが、同時にロスチャイルドの人間でもある。じゅうぶんに気をつけてくれよ」

永澤の言葉には、わずかながら毒が感じられた。

「それじゃあ強力な競争相手が現れたという話は、ロスチャイルドのでっち上げだと？」

矢代はややムッとして答える。

「そこまではいわないが、いろいろな可能性は考えておいた方がいい。本命ビッダーと二番手を同時に焚きつけて、落札価格のさらなる上乗せぐらいはやりかねない」

「でも、ここまできたらリチャードを信用するしかないだろう」

「矢代さんは人がいいなあ。買い手側のプレミアムは、確か落札価格の一〇パーセントだったよねえ。あれがいつからスタートしたか知ってるかい。ロスチャイルドとブラッドフォードは一九七四年に、突然足並みをそろえて買い手からとりはじめたんだ。ロスチャイルド広報部長のピーター・ハーバートは、やましいことは一切やっていないと突っぱねたらしいが、当時はカルテルと騒がれている。

なぜそんなことが可能だったかといえば、オークション業界が典型的なデュオポリー（二者寡占）だからさ。あの似た者同士の兄弟たちが手を組めば、美術業界でできないことはない」

「しかしデュオポリーの統制力が弱まると、今度は売り手たちが兄弟げんかをけしかけ、オークションハウス自身をオークションにかけかねない。そうなるとわれわれ買い手側の面倒は一体誰がみてくれるんだ」

「売り手にしろオークションハウスにしろ、あっちからみればわれわれは成り上がり者のちょろい相手ってことさ。手玉にとろうと思えば意のままのはずだ」

矢代は急に心細くなってきた。

「もしも競りで贋作をつかまされたらどうなる」

「くくく……」

受話器を通して矢代の耳に、永澤の圧し殺したような笑いが伝わってくる。

「コンプライアンスのエキスパートに、僕みたいなバカがいうことじゃないだろうけどさ。商法二二六条の定めによると、会社に対する任務を懈怠《けたい》したものとして損害賠償責任は免れないだろうね。とくにその額が大きい場合には、株主総会の決議によって役職を解かれることだってある。

さらに会社の財産を危うくした罪に問われると、商法四八九条で五年以下の懲役か、二〇〇万円以下の罰金という重い刑事責任が待っているというわけだ」

「やけに詳しいじゃないか。経営戦略本部は法律サービスもはじめたのか」

矢代はますます気分が滅入ってきた。

「僕だって毎日生活してりゃあ少しは進歩するからね。でもこれは単なる脅しじゃないよ。税務の取り扱いひとつにしてもニセモノの後始末は大変だ。会社は損害額がはっきりしなきゃ、評価減などを損金として処理できないだろう。そしてとどのつまり、贋物をつかまされた美術館の評判はがた落ちってことさ」

「要するに会社に何十億円という損害をあたえれば、遅かれ早かれ身の破滅ということだな」

ふたりはそのまま黙りこくってしまった。が、しばらくして永澤がぽつりとつぶやくようにいった。

「ひまわりは明るい花だ。でも矢代さんはそれに負けないほど色鮮やかな国際派の花だ。留学先のプリンストン大学でＭＢＡ（経営学修士号）までとってきたのは、あなたと松下常務ぐらいのもんだろう。いってみりゃあ、わが社を代表するエリートだ。

アートコンサルタントの大西亜喜良は、『絵の表面は芸術だが裏側は商品だ』とか何とか大見得切ってヘマやらかしたけど、今度は『ひまわり』をしっかりゲットしてきてくれよ。執行役員から取締役への大事なワンステップじゃないか」

「そんなことは考えたこともないが」

「何いってんだ。いずれはトップの座を狙ってるんだろう。僕には隠したってムダだよ」

矢代は社内人事に対してやや斜めに構えた永澤から、そんな言葉を聞くとは思ってもみなかった。考えてみるといつもこうやって人に煽てられては、危ない橋ばかり渡らされてきた気がする。そしてその割りには評価されてこなかったという国際派の、ほろ苦い思いが一瞬脳裡をよぎるのだった。

ロンドン直行四二一便

ロンドン・ヒースロー空港には現地時間で三月三十日午前六時二〇分、予定どおりに到着した。空港には町田が迎えに出ていた。矢代は手荷物を受けとると、すぐさまロビーから永澤に電話を入れる。

「いま着いた。機内では結構眠れたので体調は悪くないよ」

「それはよかった」

「そちらはお昼過ぎかな」

「ちょうど午後三時だ。早速落札価格だけど、会社としては二一〇〇万ポンド（四九億五〇〇〇万円）の線でお願いしたい。いいかい、好き勝手はできないよ。逸脱すれば背任行為で会社から訴えられることだってある。判ってるよな。ただ僕がつかんだ社長のニュアンスとしては、二一〇〇万を多少超えてもということだ。その辺りの解釈がむつかしいとは思うが、何分呉々もよろしく頼む」

いかにも特命課長らしい言い方である。矢代はこの言葉を聞いて、あらためて今回自分にあたえられた職務権限とは何かと自問した。いくばくかの割り切れないものが心に残った。しかしここまできて、もう後には引けない。ただひたすら渡辺を信じて、無心にぶつかっていくしかないと思った。

矢代と町田はホテルへ寄らず、タクシーで直接ロスチャイルドへ向かう。昨夜来の冷たい雨がまだ少し残っていた。空港を離れると、窓の外には起伏のあるグリーンがひろがっている。美しい芝生が見渡す限りどこまでもつづいていた。ロンドン郊外のゴルフコースだろうか。靄《もや》でみえなくなった辺りに、わずかにプレー中の人影が認められた。それをみてタクシードライバーはいった。

「ありゃ日本人だ」

「どうして判るんですか。韓国人か中国人かもしれないでしょう」

町田が訊き返した。

「だってこんなに朝早くから、雨のなかでゴルフをやっているのは、日本人ぐらいのものだよ。どうして日本人は、こんなに一生懸命ゴルフをやるのだ。やらなければ会社をクビになってしまうのかい」

「そんなこともないが。確かにうちにも熱心なゴルファーは結構いますね」

「私もそのひとりだ」

矢代は笑いながら答えた。

「遊ぶときまで、みんなきれいに同じ方向を向く。日本のサラリーマンたちが殺到するので、ロンドンの名門ゴルフコースでは会員権の取得制限をはじめたよ。購入価格をうんと高くしたところもある。所詮こっちにはまるっきり縁のない話だけどね」

矢代と町田は思わず顔を見合わせた。

ロスチャイルド本社には一〇時きっかりに着いた。幹部のティム・アンダーソンと握手し、早速リチャードの部屋で最終打ち合わせをはじめる。町田のほかには東京からもどったばかりのジャネットが同席する。彼女はいつもどおり黒っぽいシンプルな恰好だったが、胸にひとつきらきらと輝く大粒のダイヤモンドをつけていた。四人が揃うと、リチャードは部屋の分厚いドアを大きな音を立てて閉めた。まず矢代が口を開く。

「すでにお話した通り、成否にかかわらずワールド物産の名前は絶対に出したくないので、私が直接ビッドするわけにはいきません。オークションにはリチャードさんが代理人として参加して下さい」

「承知しました。ベストをつくします。ところで限界金額（上限）についてお訊きしたいのですが」

「金額については後で話しましょう。とにかくビッドをつづける場合も、降りる場合にも私が指示をします。会場であなたにシグナルを送ることは可能ですか」

矢代は委細かまわず喋りつづけた。

「今回はとくに日本人がマークされているので、普通のやり方では判ってしまいます。私はテレフォンビッダー（国際電話による入札者）の席で、空電話をしながらビッドしましょう。そして私がオークショニアをみる時には必ず矢代さんが同時にみえる場所にあなたの席を設けますので、そこから簡単なシグナルを送って下さい」

リチャードは連絡のやり方をさらりといってのけた。

「了解しました。私はオークションが始まったらすぐに腕組みをします。腕組みをしている間はビッドをつづけてください。腕組みを解いたらすぐに降りて下さい」

「結構です。それなら誰にも判らないでしょう」

ややこしい案件がひとつ片づいて、矢代はほっとした。

「さて落札価格の方ですが、その後の状況はいかがでしょう。二〇〇〇万ポンド（四七億円）ではやはりダメですか」

矢代は率直に訊いた。

「われわれの想定外の競争相手が現れました。非常に強力な相手です。二〇〇〇万ポンドではとても無理です」

「リチャードさんから土曜日に連絡を受け、検討した結果、会社には二一〇〇万ポンド（四九億五〇〇〇万円）まで出す用意があります。これでいけるでしょうか」

「判りません。率直にいって二一〇〇万ポンドでは絶対の自信が持てないのです。自分としても、その辺がぎりぎりの線とは思うが、二一〇〇万ポンドでは相手に手のうちを読まれてしまいます」

どうやらライバルの提示額は二〇〇〇万と二一〇〇万のあいだらしい。ロスチャイルド本社の内部も、何派かに分かれて、烈しくしのぎを削っていることが推測された。

「現在の円＝ポンドの為替レートはいくらですか。私が日本を発った時点では二四〇円だったが」

矢代は周囲をみまわしながらいった。

「待って下さい。いま調べてみます」

リチャードは事務所に電話をした。

「一〇時現在、二三六円一五銭です。ちょっと円高に振れているようですね。さすが国際的な基軸通貨だ」

「とすると二一〇〇万ポンドで四九億五九一五万円です。これをどこまで超えることが許されるかです。渡辺社長の正直な気持ちは、何としても『ひまわり』を落としてきてほしいということです。

しかし、会社としては当然限界があります。リチャードさんがそこまでおっしゃるのであれば、いまここで私の判断で五五億円まで引き上げましょう。ポンドでいえば二三〇〇万ポンドです。これでどうですか。私は後で会社からきびしく責任を問われるかもしれませんが」

矢代は毅然として言い放った。サラリーマンとしては、明らかに一線を超えた発言である。だが弱気になってどうする。おめおめと負けて会社へ帰れるかという気がした。

「よい数字です。それなら自信があります。是非それでやらせて下さい」

リチャードは胸を張る。彼の言葉には、この勝負は絶対競り勝つぞという決意がみなぎっていた。

「何が何でも二三〇〇万まで行ってくれというのではありません。私がストップをかけたら、それ以下でも降りてほしい。それでいいですか」

「あなたの覚悟は判りました。私も全力をつくします。念のため、落札した場合には当社のプレミアム（手数料）として落札価格の一〇パーセント、さらにプレミアムの一五パーセントがVAT（付加価値税）として必要です。これらは二三〇〇万ポンドの枠外でご準備いただけますね」

「結構です」

矢代は短く答えた。

「ところで先ほど握手された私の上司ティム・アンダーソンから、あなたの方に何か連絡はいきませんでしたか」

「いいや」

「それなら結構ですけれど。実はティムが〝非常に強力な相手〟の代理人をやっているのです。このところぱったりと連絡が途絶えているらしい。こうした場合、競争相手のわれわれとしては、いろんなことを想定しておかなければなりません」

「というと？」

「そうですね。ものすごい購入資金を調達して、もはやティムと打ち合わせる必要がなくなったとか。〝強力な相手〟がワールド物産に、何億円か支払うので競りの途中で降りてほしいと持ちかけてきたり、反対にワールド物産と張り合っても勝ち目がないと悟り、最後までしつこくビッドしないかわりに、何億円かまわしてほしいと要求してきたり……。

日本の中央銀行の公定歩合は、この二月二十三日に史上最低を記録しましたね。融資は格段に受け易くなっているわけです。まあ、そこまで勘ぐる必要はないでしょうけれど」

まるでライバル会社の話でもしているような口振りである。矢代は嫌な気がした。むきになり、わざと無関心を装って別のテーマに話をすすめた。

「今度の件は、価格の点でも当然海外への持ち出し許可が必要だと思いますが、その見通しはどうですか。昨年十二月に落札されたマネは、いまだに持ち出し許可が得られていないと聞いていますが」

「その点は大丈夫です。英国内でもっとも購入する可能性の高いナショナルギャラリーには落札額までファンドを積み上げる気がありませんし、その他の国内美術館、企業、個人も一五〇〇万ポンドが精一杯で、それ以上は出せません。

ですから持ち出し許可は必ずとれます。マネの場合にはクリスマスや年末休暇のために、当社の処理が遅れたのが原因です。しかし間もなく取得できるでしょう。『ひまわり』については、私が責任をもってやらせていただきます」

「何ヵ月も待たされるのは困りますよ」

「心得ています。ところで『ひまわり』を最良の状態で永久展示するのであれば、若干の修復が必要となるかもしれません。この点は予め了解しておいて下さい」

「確かに汚れが認められ、一部絵具の剥落しているところもみられますね。絵の価値を損ねるほどのものとは思えませんが」

「そのとおりです。あの絵はこれまで美術館で展示されてきたわけではないので、多少汚れが目立ちます。また、細かい部分で絵具の浮いているところは押さえる必要があります。ワールド物産が了解してくれれば、複数の専門家に依頼して報告書を出させるようにしたいと思います」

「了解しました。なるべく詳細な報告書をお願いいたします。すべては落札してからのことですが」

「機密保持の点ですが、今回ワールド物産がオークションに参加するのを知っているロスチャイルド側の人間は、誰と誰ですか」

矢代はひと呼吸置いてから尋ねた。

「私とジャネット・トンプソン。東京支社長の菅野典章。それからクレジットをコントロールしているシドニー・モリソンの四人だけです。会長のチャールズ・ハーディングでさえ知らないはずです。

ワールド物産が機密保持を強くもとめていることは社内でも徹底させていますし、コンピュータにも暗号で入力しています。ですからご安心下さい。念のために輸出許可申請書の宛て先は、ロスチャイルド東京にしておくつもりです」

「落札の如何にかかわらず、オークション終了後の機密保持にも、万全の態勢で臨んで下さい。私はオークションが終わったら、仕事の都合でそのままマドリードに向かいますが、落札者名の発表について何かあれば、菅野支社長を通じて当社の笠井広報室長に連絡して下さい」

「承知しました。今夜のオークション終了後も、あいさつなどはしない方がいいと思うので、私もジャネットもあえて知らん顔をしています。何卒悪しからず。また兄のアンソニー・ブラントンが、今夜あなたをディナーにご招待するといっていますが、私は失礼させていただきます」

「それで結構です。ロンドンには明日いっぱい滞在しますが、その間に急用ができましたら、アンソニーさんかジャネットさんが、パークレインホテルまでご連絡下さい」

「判りました。それでは本社のプレビュールームまでご案内しましょう」


矢代と町田は、部屋じゅうに絵がかけられた美術館のような一室に連れていかれた。改めて「ひまわり」をじっくりと間近で鑑賞する。迫力は百番館ビルで最初にみたときと、少しも変わってはいない。それどころかかえって黄金の輝きを増しているようでさえあった。まずは一安心だ。そのときふたりの後ろで声がした。

「こんにちは。さすがはゴッホの傑作『ひまわり』ですよね。入口で警備員さんが、機関銃を構えていますよ」

ふたりが振り返ると、すぐ後ろにひとりの日本女性が立っていた。髪をゴムバンドでポニーテールにまとめ、肩から掛けた白いバッグのベルトを左手でつかんでいる。その手首には、ラピスラズリーの細いブレスがマリンブルーに輝いていた。矢代にはV字に深くカットされたシャツの胸元が眩しかった。

「あれ。ど、どうしたの。こんなところで」

町田は少しうろたえながらいった。

「ロスチャイルドがものすごい作品をオークションにかけるっていうんでみにきたの。そんなに驚かなくてもいいでしょ。私はこれでもまだ、アートを勉強している現役学生ですよ」

「別にいけなくはないけど……」

「こちらはどなた?」

矢代は町田に訊いた。

「ロンドンに留学中の蕃麻里亜《ばんまりあ》さんです。この春からうちの駐在員事務所でアルバイトをしてもらっています。この方は本社の海外事業部長・矢代雅彦さん。私の直接の上司です」

「よろしくお願いします」

女性は神妙にぴょこんと頭を下げた。

「ゴッホに関心があるんですか」

「ええ、アルル時代の作品を中心に研究しています」

「それはいい。こういう方がロンドン駐在員事務所にいると、私も何かと心強い」

「われわれだけではさぞご心配でしょうからね」

町田がまじめな顔で、それでも精一杯無理をしてジョークを飛ばした。

「そうそう、この絵にはサティフィケイト（証明書）が添付されていないようだけど、麻里亜さんはどう思います」

矢代はからかい半分に訊いた。

「こんな有名な作品に、あらためてサティフィケイトだなんて。カタログ・レゾネ（全作品集）をみれば、本物だっていうことは誰にだって判るじゃないですか」

「この作品がもし美術館にかかっていたら観に行きますか」

「もちろんです。私はこのシリーズのある部分に注目しているの。ゴッホの知られざる本質がみえてくるような気がして」

矢代はさらに質問をつづけたかったが、その気持ちをぐっと抑えた。

「東京の部長さんが美術好きだったなんて、やっぱり大きな会社はちがいますね。東京にもどったら矢代部長のオフィスに行ってもいいですか。ゴッホの新しいレポートをお届けしたいの」

「どうぞ。といっても、あんまり自分の席に座ってはいないと思うけど」

そのとき、網のジャケットを着て首からカメラをぶら下げたジャーナリストの一群が、どやどやとプレビュールームに入ってきた。矢代は、知った顔があって質問でもされるとまずいと思った。それにオークションのスタートまでには、まだだいぶ時間があるようだ。彼は蕃麻里亜とジャーナリストたちをそのままにして、ひとまずはパークレインホテルへ引き上げることにした。

パークレインホテル

チェックインを済ませ、重たいサムソナイトを部屋まで運んでくれたポーターに、ちょっとチップをはずむ。ヒースロー空港に着いてから、自分ひとりになるのははじめてだ。矢代はネクタイを外しワイシャツを脱いで、ズボンをベッドの上へ放り出す。バスルームに入ると、白いタイルの壁に蛇口が無造作にとりつけられていた。ひねると上の方から、予想もしない勢いで水が噴き出してくる。温度を調節し、ゆっくりとシャワーを浴びた。彼の日焼けした太い二の腕に温かい水が糸を引いて滴り落ちる。

あと数時間でゴッホの名画が、二二〇〇万ポンド（約五〇億円）前後の値段で取引される。上手くいけば、あの大地から生えてきた純朴な生命そのもののような図柄が、世界中の新聞を賑わすことになるだろう。ワールド物産はもちろんのこと、渡辺紘平の名前もオークション史上に刻まれるかもしれない。文字どおりグローバルな出来ごとだ。それにしてもオークションは本当に無事に済むのだろうか。そして自分は最後まで冷静でいられるか。数人の同志を除いて、東京の連中は結局みんな高みの見物ではないか。まったくいい気なものだ。言い知れぬ不安が脳裡をよぎった。

矢代には入社以来のことが、セピア色の写真アルバムをひっくり返したように思い起こされる。いや、会社がアートに手を染めはじめた、彼の入社よりはるか以前のことまでが、まるで自分の身に起こった昨日の出来ごとのように一気に甦ってくる。矢代は渡辺がしょっちゅう口にする、商社マンとしての〝アートのＤＮＡ〟のようなものが、ひょっとすると自分のなかにも備わっているのではないかと思った。

トレーディング業界の伝説的な人物・東寛司が社長に就任したとき、会社はまだワールド物産ではなかった。その前身の東京産業と呼ばれていた時代である。一九三五年ごろ、東寛司は京都の高名な美術愛好家・内貴清兵衛に私淑し、彼を仲立ちとして北大路魯山人の知遇を得ている。恐らく良寛や一茶の書画にただよう、簡素な雅味に対する好みが一致したのであろう。

東はたちまちにして、この気難しい万能タイプのアーティストに気に入られている。芸術論を闘わせるだけではなく、得意先へ配る贈答品などをまとめて制作してもらうまでの仲になった。ワールド物産がはじめてアートに手を染めたのは、まさにこのころである。

一九三八年に会社が創業五〇周年を迎えたとき、東は魯山人に焼物の記念品を大量発注している。紅白に色分けされた一対の徳利に、二種類のぐい呑みを添えた四点セットで、一つひとつ魯山人が箱書きした桐箱に収められている。当時の添状にはこう記されていた。

「酒器／北大路魯山人氏作

北大路魯山人先生は、芸術界における当代特異の存在であります。陶芸は申すに及ばず、書芸、絵画、篆刻《てんこく》、漆芸、将又料理、造庭に至るまで、行くとして可ならざるなく、その作風は夙《つと》に令名あり、一作毎に愈ゝ《いよいよ》気品を高め来られて居ります。　昭和十一年十月」

内貴清兵衛は、また洋画壇にもひとかたならず通じている。二果会の須賀平三郎を東に引き合わせたのも彼である。当時須賀はフランス帰りの新進作家として、画壇にめきめきと頭角を現しはじめていた。柔らかい片ぼかしの手法で、未来派やキュビスムの理論を上手に日本人の感覚にとりこんでいる。須賀独得ともいうべきモダンスタイルを編み出し、美少女たちのやるせない雰囲気を情感豊かに捉えた。

だが生来の自由奔放な性格のゆえか、生まれたばかりの娘かおりを抱えながら、実生活のめどはまるで立っていなかった。それを東は、月々二〇〇〇円のお手許金（顧問料）を支給したり、毎年二果会で発表される大作を会社の財産として買い上げたりして、熱心に支えたのである。須賀はそのころのことを後に「まったくの助け舟だった。東さんのおかげで、苦境時代を制作いちずにくぐりぬけて来られたと云っても過言でない」と回想している。

須賀によると、骨董趣味の東寛司が彼を応援した背景には、多分に企業人としての打算もあったようだ。つまり東は、須賀の芸術にこれからの日本人のライフスタイルをいち早く読みとっていたのである。その上で彼に、世間をあっといわせる斬新なアイデアをもとめる。須賀は自分の絵をもっと美しくみせる演出方法をひねり出そうと、日夜燃えに燃えた。

モダンな美人画がパンフレットを飾ったのは、もちろんトレーディング業界としてははじめてのことである。一九四八年からはカレンダーも、油絵のモダンな美人画が定番となる。この習慣は会社が東京産業からワールド物産、さらにはワールド・エンタープライズへと変わった後も、連綿と引き継がれていくことになった。東寛司いうところの〝東京産業のうつくしき伝統〟である。

一九六三年、笹森和夫が社長に就任すると、会社は折からの高度成長政策の波にのって、急速に規模を拡大させていく。〝スパイラル上昇路線〟あるいは〝GO号作戦〟を標榜して、増収増益をつづけた。とくにそれまでのやり方を一八〇度方向転換して臨んだエンジニアリングサービスの推進は、政府のODA（開発援助政策）の後押しを受けて、会社に爆発的な好景気を呼びこんだ。彼はいつしか〝ワールド物産中興の祖〟と仰がれるようになる。

チャンスとみるや大胆に行動し、人材なども学歴にこだわらずあくまで能力本位で登用する。本社は大手町の扶桑銀行のすぐわきに建っていたが、一九七六年には六本木へ移転させた。女学校の跡地を買いとり、超高層の新社屋を完成させたのだ。当時〝海外雄飛の城〟と謳われたジェット機の翼を模したビルであった。この移転計画を耳にした須賀平三郎は、笹森社長にこういっている。

「私はもうすぐ八〇になる。気がつかないうちにすっかり年を喰ってしまった。これまでめぼしい作品はほとんど手許に置いてきたが、自分が亡くなった後、これらが散逸してしまうかと思うと何とも口惜しい。

それに私が長年かけてあつめたコレクションも、いまでは相当な数にのぼる。恩師有島生馬先生の風景画をはじめ、ピカソ、シャガール、藤田嗣治など全部で二〇〇点を超えるだろう。時価で計算すればかなりの金額にのぼるはずだ。それらを一括してワールド物産に寄贈するので、私の目が黒いうちに個人美術館を建ててはもらえないだろうか」

「本社ビルの最上階は展望ラウンジとして使う予定です。だが、その下の四七階についてはまだプランが固まっていない。内外にインパクトをあたえる効果的な使い方を模索していたところです。もし須賀先生がどうしてもとおっしゃるなら、そこに須賀平三郎記念美術館を開設しても構いませんよ。美術による社会貢献は東さん以来のわが社の伝統だから、社員たちも恐らく気持ちよく了解してくれるでしょう」

「もしつくっていただけるのなら、ロダンとロベール・クーチュリエの彫刻を買い足して寄贈させてもらいます。いずれ誰かが、私とロダンの不思議な因縁について研究してくださるでしょうから」

「内容はすべて先生にお任せするので、好きなようにやって下さい」

笹森は須賀のために、早速財団法人ワールド物産美術財団を設立してやった。晴れのオープンは一九七六年七月八日である。こうして笹森和夫は、東寛司に負けず劣らずの熱心な美術支援者となったのである。〝ワールド物産中興の祖〟は同時に〝アートのＤＮＡ〟の発展継承者でもあった。

しかしいざ開館してみると、観客は年に二、三万人で思ったほどにはあつまらない。これにはさすがの笹森もお手上げであった。晩年は「うちの美術館を世界に通用するものにしたい」が口癖だったという。彼は結局、その見果てぬ夢を後任社長や渡辺紘平に託して、一九八〇年に会長へ退いている。

しかし能吏肌の後任社長は万事積極策を好まず、金のかかる美術に対しては最初からきわめて冷淡であった。企業経営の基本ポリシーでもことごとく笹森会長と対立するようになる。両者の個人的な確執が重なって、会社はとうとう会長・副社長派と社長・副会長派に分かれて相争う、一大抗争の修羅場となってしまった。

抗争のひとつの争点は、大蔵省検査部が一九七四年からはじめた定期立ち入り検査と、その後の示達書（行政指導ファイル）であった。その扱いをめぐって、両派の見解は真っ向から対立したのだ。最終局面では後任社長自らが、公然と経営陣の一新をもとめるようになる。この混乱のなかから立ち上がり、事態を忍耐づよく修復したのが当時の渡辺副社長であった。

渡辺紘平は、社内対立に火をつけた後任社長と元大蔵官僚の副会長に、ただちに会社から立ち退くよう迫った。あわてふためいたふたりは、大蔵省と扶桑銀行に駆けこんだ。このとき渡辺は、いやというほど大蔵省に呼びつけられ、事情聴取されている。ときには恫喝まがいの烈しい叱責もあったらしい。しかし、貿易自由化をにらんだ渡辺の経営方針は、基本的に当を得ていた。会社はふたたび増収増益に転じたのである。

渡辺はその趨勢を踏まえて、監督官庁やメインバンクに対し、少しも臆することなく〝利と徳の共生、文化に温かい企業〟を説き、さらには持論の坂本龍馬の思想まで吹聴する。兵隊から帰ってきて、働きながら大学の夜間部を卒業した渡辺にとって、あるいはまたこれといった後ろ盾のない叩き上げのサラリーマンにとって、中央のエリートたちに組織の在り方を説くなど思いもよらぬことであった。だが結果としてはそれが、その後の会社のソフトな在野精神を育んでいったのである。抗争の痛手をのり越えて矢代、村田、笠井といった中堅グループが抬頭してくるのは、そのもう少し後であった。

シャワーで火照った体をタオルでつつみ、矢代はパークレインホテルのソファに深く沈みこんでいた。目覚めているのか眠っているのか、自分でも判然としない。会社の歩みと目前の不安が交差して、頭がもやもやしている。渡辺社長はいまからはじまるオークションには、ワールド物産グループ全体の名誉がかかっているという。首尾よくレコードプライスを樹立し、ゴッホを美術館の常設展示室に掲げたい。できれば「ひまわり」を、ワールド物産が業界トップの座に躍り出る狼煙《のろし》にしたいともいった。

だが本当のところはどうなのだろう。同業他社よりも、東寛司と笹森和夫のアートを駆使したリーダーシップ確立の方が気になっているのではあるまいか。いずれにしても狼煙の火がうまく点くか点かないかは、これからの矢代の一挙手一投足にかかっている。彼はしばし呆然として、ホテルの高い天井を仰いでいた。

ロンドンへ発つまえ、永澤は矢代に「オークションで一番記憶される人は誰だと思う」と尋ねたことがある。「さあね。絵を運んでくる守衛さんかな」ととぼけてみせると、「いま一歩のところで敗退したアンダービッダーだよ」という。顔のみえない依頼人とはいえ、アンダービッダーに張りついた〝負け犬〟のイメージは、本人がいくら躍起になって消そうとしてもそう簡単に消えるものではない。ロンドンの大勝負で競り負けた後、人生を狂わせてしまったビッダーは枚挙にいとまがないほどだ。

豪胆で鳴らした一代の不動産王カミヤマ・ヨシキでさえ、一九八一年十一月十九日に「エンピレアン」をとり逃がしてからというもの、さっぱり精彩がない。最後は逃げるようにして人前から姿を消している。矢代はその話を聞いたとき、永澤成雄の癒されることのない深い痛手を知って、思わずハッとしたのだった。

矢代は突然ソファから立ち上がり、ベッドに飛びのった。仁王立ちになると手を腰に当てて胸を反らし、大声で歌いはじめる。大学の合唱部で鳴らしたイタリアオペラではない。ドイツリートでもない。彼の世代なら誰でも知っている日本の演歌だ。隣室の迷惑などもはや眼中になかった。

「こらえ切れずに泣けるぜ／俺がやらずに誰がやる／それが男の魂じゃないか／今日からは、あなたなしで生きていくのね／ああー、陽はまた昇る、東京沙漠」

ただそうやって力一杯がなっているだけで両肩から力が抜け、不思議に気持ちがすーっと楽になった。

どうせ俺は一介のサラリーマンだ。自分では三万円のリトグラフ一枚買ったことはない。その俺がたとえ四〇億円、五〇億円のジャパンマネーを振りかざすことになったとしても、それは単なる行きがかりに過ぎない。職場の業務命令というやつだ。もとより人類のお宝をめぐって、世界の富豪たちと本気で渡り合う気などさらさらない。ましてアートマーケットの歴史に、日本の新しい一ページを書き加える野心など抱くはずもない。

そう自分に言い聞かせることで、わずかながら腹の底に力が甦ってくるような気がした。ようやく元気をとりもどし、サムソナイトの蓋を開ける。なかから新品の下着や靴下に混ざって、見知らぬストライプ柄のワイシャツが飛び出してきた。心のなかで妻・悦子に感謝しながら腕を通す。ネクタイはいつもよりちょっと地味目のものを、ややきつく締めた。メインルームへのインビテーションカードを確認し、太腿をズボンの外からパンパンとはたく。いよいよオークション会場へのりこむ準備はすべて整った。

ホテルのフロントで、大きな房のついたローマ風のルームキーを預けると、受付係は「東京からです」といって一通のファックスを渡してくれた。広げてみると、驚いたことに文字はまったく見当たらない。差出人すら不明だ。そのかわりに、白い紙のど真ん中に絵が描いてあった。一輪の花だ。太陽のマークともみえるたどたどしい円形から茎が伸び、かろうじて葉っぱらしきものがちょこんとついている。お世辞にも上手いとはいえない。

矢代ははじめ呆気にとられていたが、やがてそれをじっと凝視した。線の最後になってフッと力が抜ける筆癖には、なるほど見覚えがある。彼はひとつ深く大きく呼吸した。差出人自身を除けば、これが渡辺紘平の描いた「ひまわり」だと気づく者は、恐らくこの世にふたりとはいまい。渡辺は間違いなく、いま矢代のもっとも近いところに存在している。矢代は秘密のうちに、これからの戦いを渡辺と共有するのだと思った。ファックスを四つに折りたたむと、矢代はそれを上着の内ポケットにそっとしのばせた。

レコードプライス

一九八七年三月三十日。奇しくもそれは、一三二年前にフィンセント・ファン・ゴッホがオランダ南部の小村フロート・ツンデルトに生まれた日である。オークションハウスの本家を自認するロスチャイルド社の表玄関には、いつものように小太りの守衛が立ち、仏頂面でしきりに辺りをにらみつけていた。

矢代と町田が午後六時一五分ごろ、そのやや古めかしい建物に到着したとき、一階も二階もすでに観客でごった返していた。話題の「ひまわり」を一目みようと、毛皮をまとった貴婦人やシルクハットと杖を手にした片メガネの厳《いかめ》しい紳士など、大勢の人々が押しかけてきていた。開幕の六時半近くになるとメインルームはゲストで埋めつくされる。

矢代がみたところざっと八〇〇人はいたろうか。だが翌朝の新聞によると、その数はゆうに一五〇〇人を超えていたのである。二階のメインルームに収まりきらない人々は、隣接したイーストルームとウエストルームにまわった。三つの部屋はたがいに閉じたテレビ回線でつながれ、モニターをみながら自由にビッドできるようになっている。階下のプレスオフィスには喫茶コーナーがあり、ゲストにワインや飲み物がふるまわれていた。チェックの帽子を被ったイギリス人らしいギャラリストたちが、コーヒーカップを手にかたまって話しこんでいる。

「これどうなさいます？」

ひとりがオークションブックの「ひまわり」をみせながら尋ねる。

「せっかく準備してここまでやってきたんだから、ビッドしてみるつもりです」

「おいくらで？」

「六〇〇万ポンド（一四億円）」

「悪いけど、そんな額じゃあ落ちっこありませんよ」

「ふん、判りきったことをいわないで下さい」

「『ひまわり』はゴッホの代名詞です。ゴッホにとっては特別の意味をもつ、とんでもない掘り出しものですよ」

「一八九〇年七月二十九日にピストル自殺したとき、ゴッホの棺はオーヴェール村のラヴーの下宿に据えられ、ひまわりとダリアできれいに飾られたっていうじゃありませんか」

「それじゃあ彼は、棺桶でひまわりと一緒に埋葬されたのですかな」

「いや、そこまで詳しくは伝えられていない」

「プレビューのエスティメイトは六〇〇万ポンドどころではありません。アメリカのやんちゃ坊主たちが一七一五万ポンド（四〇億円）にまで引き上げたのです。オークションブックのデータ欄に書いてあるでしょう。よくご覧なさい」

「仕方がない。こっちにはナショナルバンクの後押しも、共済年金ファンドの顧客もいないのですから。もし落とせたとしても、これから必死になって金策に走りまわらなければ」

「四二五万ポンド（一〇億円）のプレミアムつきで、すぐ日本人に転売できるのじゃありませんか」

「そんな結構なお話があるのだったら、少しは出資してさし上げても構いませんよ」

「今夜あつまったバイヤーも一割以上が日本人です。あの黄色い顔をした小男たちは、印象派と後期印象派しか絵と思っちゃいないのです」

「われわれが融通し合った資金で真っ向勝負できる時代は、もう終わったのでしょうか」

「多分ね。ここにいるとふとそんな気がしてきます。イギリス国有鉄道年金基金、J・ポール・ゲチィ財団、イギリス退役軍人共済年金ファンド、ヒューストン銀行、ジャパンマネー、ニナ・リッチ、カルティエ……。どっちを向いても機関投資家ばっかりだ。彼らが勝手にわれわれの花園に入ってきて、アートの仕事を根こそぎ掬いとっていってしまうのですよ」

「一枚の絵を買うというより、一連の絵画プロジェクトを買収するといった方がいいくらいの価格帯になってきましたね」

「美術品は心の満足のために買うものです。間違っても右から左にパスして、マージンを稼ごうなどと思ってはいけません」

「おやおや、この期におよんでお説教ですかな」

報道陣はメインルームの壁際にぎっしりと脚立を並べ、競りがはじまる前から観客たちの頭上に、容赦なくフラッシュの雨を降らせていた。矢代と町田がチケットをみせながらなかに入ろうとすると、後ろの方で
「ジェフリー・アーチャーだ」

「ハインリヒ・ティッセン男爵だ」

という声がする。振り向くひまもなく背後で白い閃光が走る。パシャパシャとカメラのシャッターがうなり声を挙げた。

おかげで矢代と町田は、誰に見咎められることもなく予定の席にたどり着くことができた。矢代が座るのはBの三番、つまり競売台《オークションブロック》に向かって左から三番目の席である。右隣には上品な老婦人が座り、左は町田だった。希望どおりオークションルームのほぼ真ん中である。ここならワールド物産の代理人リチャード・ブラントンへも簡単にシグナルが出せるし、一目で会場全体を見渡すことができた。

オークショニアが立つ競売台の斜め前には、長いテーブルが置かれ、海外から国際電話で注文を受ける代理人たちがずらりと並んでいる。客席からみえているものだけでも一一台ある。右端から二番目で白い受話器を握っている細身の男がリチャードである。蝶ネクタイがよく似合っている。ちらちらと矢代の方をみていたが、シグナルを送ってくる気配はなかった。

ジャネットはテーブルから少し離れた後方に控えていた。彼らのうちの何人かは、すでに顧客とさかんに話しこんでいる。どこからともなく、日本人同士のささやき合う声が聞こえてきた。

「こっちの連中は伝統の蓄積があるから、こせこせしないで優雅に暮らしている。おっとりしているよなあ」

「そうじゃなくて、ぼんやりしているだけだ。だから先祖代々譲り受けた財産をなくしてしまうんだ。そこへいくと日本民族は優秀だよ。限りなく供給が少ない名画で、インフレや為替変動をにらみつつ、値上がりを楽しもうというんだから。個人も企業もそれなりにカルチュラル・ストラテジー（文化戦略）というものを持っている。今夜辺りはジャパンマネーの、本格的な快進撃がみられるかもしれないぞ」

「行け行けどんどんってか。そんなに儲かるんだったら俺もやりたいなあ」

「ニコラ・プサンの描いた『オリュンポスとマルシュアス』という絵を知っているか。ここ二〇年で三三六四倍に値上がりしている。年利回りは軽く五〇パーセントを超える。こんなうまい話がほかにあると思うか」

矢代は思わずどきりとした。

六時四〇分。まずロットナンバー（出品番号）一番のブーダンが、一〇万ポンドで落札される。次いでシスレー、ピサロ、ドラン、モディリアニ、シニャック、ルオーと、オークションは順調にすすんでいった。大方の予想通り、親引け（不落札）はほとんどない。その夜オークショニアをつとめたのは、エジンバラ伯爵の孫としてつとに名高いロスチャイルド会長のチャールズ・ハーディング卿である。白いシャツに黒のタキシード、全スタッフそろいの蝶ネクタイで、ピシッと決めている。

競売台には「ロスチャイルド」の大きな銘板がはめこまれ、当日のオークションリストとペン、それからオークショニアの権威を象徴するハンマー（木槌）が置かれていた。競売品がどんなに高かろうと安かろうと、このハンマーが一旦振り下ろされたが最後、その品物（それは酒、煙草の嗜好品からときには生きた象にまでおよぶのだが）の値段は、その場で決まってしまうのである。とり消すことは絶対にできない。

オークショニアの背後には大勢の社員たちが机をならべて控えていた。彼らがどんな働きをしているのか矢代には見当もつかなかった。矢代はメインルームの真っ赤な壁にかけられた、いくつもの絵を目で追っていた。左から青空に白雲の浮かんだ風景画、音楽隊の一団を描いた黄色い人物画、建物風の赤いコンポジション、そしてハーディングの真後ろには、風景画の二本の大木がちらちらとしていた。

人物画以外はみな立派な額におさまっているが、さりとて大英帝国の栄華を象徴する由緒深い品々にもみえなかった。彼は競りがはじまるとすぐに、両腕を胸のまえに組む。オークショニアの右手には、一枚の大きなパネルに黒っぽいフェルトを貼った作品台（イーゼル）が、ドンと据えつけられていた。

どれくらい時間がたったろうか。イーゼルには額に入った青っぽい女性像が、やや斜めのパネルにもたせかけるように掲げられている。右手に棕櫚の団扇を持ち、頭に一輪の花を差した南方風の佇まいだ。ゆったりとした衣裳が、えもいわれぬ艶やかさを醸し出している。だが観客たちは女性像には目もくれず、いよいよ「ひまわり」の出番が近いとみてざわつきはじめた。リチャードは受話器を耳に当てて何ごとかしきりと話しこんでいる。相手もいないのになかなかの役者である。矢代と町田は顔を見合わせて微笑んだ。

ふたりの制服を着た男がイーゼルの両脇に立ち、台全体を押しはじめた。白い手袋が印象的である。台はゆっくりと、そして重々しく時計まわりに回転した。イーゼルは裏側も表面とまったく同じようにつくられている。制服の男が、台を押したまま半回転して観客に背を向けると、イーゼルの向こう側から突如としてゴッホの「ひまわり」が姿を現した。なかなかの趣向である。

七時二五分。図版で見慣れた、少しばかり懐かしい、あの「ひまわり」が突然観客たちの目に飛びこんできた。ロココ風の幅のひろい額に収まっている。白手袋をした数人の男たちが現れて絵をとり囲み、しきりと状態をチェックしている。手にはペンとリスト、オークションブックをもっている。そのうちのひとりが「ひまわり」のまえに腕を伸ばし、仁王立ちとなった。観客が近づいてくるのを牽制するかのような仕草だ。来れるものなら来てみろ、という構えである。

「ひまわり」の黄色い絵具が、セイルズルームの赤い壁に映えて、一段と輝きを増していた。一五個の花のせいで、会場全体がポッと明るくなったようであった。観客たちは名画をみようと頭を左右に振り、しきりにささやき合っている。テレビ中継用のカメラが音を立てて作動しはじめ、フラッシュが連続して光った。その場にいるすべての眼がイーゼルに釘づけとなっているのは明らかだった。

矢代は腕組みに力をこめ、とうとうはじまったなと思った。ハーディングは一段高くなった競売台から観客たちを見下ろし、やおら口を開いた。相変わらず柔和で自信たっぷりな様子だ。

「ロットナンバー四二番です。みなさん、お静かに」

オークションブックには競売品四三番「ひまわり」と記載されていたが、実際には欠番が生じたせいで、ひとつくり上がっての登場である。ハーディングは右手にペンを握り、ときどき競売台のリストに目をやっている。いよいよ競りがはじまった。矢代は手のひらが脂汗でじっとりとしてくるのを感じた。彼にしてはきわめて珍しいことである。だが腕組みを解くわけにはいかない。

「まず五〇〇万ポンド。五〇〇万ポンドはいませんか」

オークショニアは慎重にきわめて低い数字から入った。矢代は素早く正面の上方に目をやり、電光掲示板の《一一億八〇〇〇万円》の数字を読みとった。メインルーム、東西の別室、国際電話のあちこちで十数人がばらばらとビッドする。そのなかには喫茶コーナーにいた若いギャラリストたちも混ざっていたのだろう。

開始早々激しい電話合戦がはじまった。代理人たちは思い思いのポーズで話し合っている。だがこのたくさんの回線のなかで、一体いくつが顧客とつながっているのだろう。セイルズルームのなかでは、電話がつながっているのはせいぜい建物のなかだけだとか、いやどこにもつながってはいないなどと、まことしやかにささやかれていた。

「五五〇万は」

「はい、六五〇万ですね」

「七五〇万がでました」

数字がぽんぽんとジャンプする。ハーディングは名乗りを挙げたビッダー（競り手）の方をペンで指しながら、軽く頷いてみせた。こんな場面でも決して笑顔を絶やさない。彼はオークションを家族的な雰囲気のなかで進行させる技では、ピーター・チャンス、パトリック・リンゼー、ジョー・フロイドなどと並び称せられる、名手中の名手である。

「八〇〇万は」

二〇秒ほどで「ひまわり」は、あっさりとマネの「舗装工のいるモニエ街」を抜いた。これまでのレコードプライスである。もっとも「ひまわり」以前のレコードプライスについては、この作品を含めてさまざまな説が唱えられている。例えばリチャード・W・ウォーカーは一九八七年五月のアートニューズ誌で、前年十二月に出たマネの「舗装工のいるモニエ街」（七七〇万ポンド、一一〇六万八七五〇ドル、一八億円）を過去最高とし、個人的取引としてはニコラ・プサンの一五〇〇万ドルをレコードとしている。

これに対し一九八五年四月にニューヨークのブラッドフォードで、グールド・コレクションから出品されたゴッホの「日の出の風景」（九九〇万ドル、二四億七五〇〇万円）を、依然として史上最高額と指摘する日本人は後を絶たない。また一九八五年のマンテーニャの「三博士の礼拝」（八一〇万ポンド、七六〇万ドル、一九億円）を第一位とする声もある。

三者の落札価格を見比べてみれば判るとおり、米ドル建てではマネが紛れもなくレコードプライスであり、円建てではいまだにゴッホがレコードなのである。このねじれ現象はいうまでもなく、一ドル二五〇円から一六三円へと振れた、為替相場の急激な変動に由来している。ちなみに「ひまわり」のときは一ドル一四六円であった。当時の円高がいかに烈しかったかを物語る、ひとつのエピソードでもあるだろう。

「八五〇万」

「九〇〇万、九五〇万」

「一〇〇〇万は」

電光掲示板の数字は上からロットナンバー、ポンド、米ドル、フラン、マルク、スイス・フラン、リラ、円を示している。それらがオークショニアの声に合わせて、絶え間のない波のように一斉にぱたぱたと変わっていく。観客たちの多くは、まるでジェニー・フォルツァーのビデオアート作品でも眺めるかのように、うっとりとした目つきでそのボードに見入っていた。

烈しい競り合いのなかで、しかとは確かめられないが、まだ四、五人がサインを出しつづけているようだ。矢代は腰を浮かして四方を見渡した。印象派・近代絵画部門の代理人、海外の顧客担当者たちがせわしなく動いている。なかでもオークショニアにさかんにシグナルを送っているのは、リチャードと、スイスの画商の代理人ティム・アンダーソン、アメリカからやってきた女性、その他一人、二人のようであった。

「一〇〇〇と五〇〇万」

「一一五〇万」

「一二〇〇万」

「一二五〇万です。一二五〇万」

「おっと、一三〇〇万がでました。ほかにありませんか」

オークショニアはペンをかざしながら、競売台から身をのり出して会場中を探った。二七年間ロスチャイルドの広報部長をつとめたピーター・ハーバートによると、チャーリー（チャールズ・ハーディング）のやり方は他の人とはかなりちがっている。いつもジェスチャーが大きく、競売台で身を反らせ、〝狂信的な伝導者〟のように右や左に大きく傾く。しかし会場を掌握してビッドを引き出す腕では誰にも負けなかった。

スイスのベテラン画商が、代理人のティム・アンダーソンにシグナルを送る。アメリカの女性も手を挙げてそれにつづいた。ジャネットは受話器を握ったままじっと動かない。どうやらワールド物産のライバルは揃って白人らしい。日本人同士がヨーロッパの名画を奪い合う奇異なシーンは、何とか避けられたようだ。

「一三五〇万。一三五〇万ですよ」

「一四〇〇万。一四五〇万です」

「一五〇〇万は、一五〇〇万の方はいませんか」

「一四五〇万」

オークショニアの掛け声は一四五〇万ドルと一五〇〇万ドルの間を、しばし行きつ戻りつする。電光掲示板の数字は、最前から（三三億六〇〇〇万円）に張りついたままだ。大方オペレーターが入力にとまどっているのだろう。ビッダーはどうやら三者の代理人に絞られてきたらしい（後で判明したところではワールド物産、ウェルター・アンネンベルグ財団、実業家コリン・ウッドがそれぞれの依頼主である）。会場ではしきりに印象派好きのジャパニーズという声がささやかれていた。

「一五〇〇と五〇万」

「一六〇〇万、一六〇〇万ポンドです」

公式エスティメイトとはいえ、価格はすでに「舗装工のいるモニエ街」の二倍を突破している。ハーディングの声が若干弱くなったように感じられた。電光掲示板の変化もスローテンポになる。電話での打ち合わせに手間どっているのだろう。

もうこの辺りでハンマーになるのか。矢代は冗談じゃない、まだみんなが競り合っている最中じゃないか。こんなところで一件落着してたまるかと思った。焦りが昂じて心臓が高鳴ってくる。まだワールド物産が落としたという実感はない。このままではふたたび空手で東京に戻らなければならないかもしれない。目は無意識的に、会場のスイスの画商を追っていた。

「一七〇〇万、一七〇〇万ポンドでーす」

「一八〇〇万」

アメリカの女性がひっそりと手を挙げつづけている。黒っぽいスーツが多いなかで、派手なスカーフが妙に目立っている。威圧的だ。オークション慣れしているのは一目瞭然だった。

「一九〇〇万、二〇〇〇万」

「二〇〇〇万ポンドですよ、どうですか」

オークションは五分ちょっとで、二〇〇〇万ポンド（四七億二〇〇〇万円）の大台を越えた。テレビキャスターの「二〇ミリオン」という素っ頓狂な叫び声が、みんなの耳に届く。気のせいかオークショニアの声にふたたび張りがもどってきた。ビッダーたちに「こんなところでは妥協しませんよ。さあ、もう一声かけてください」と叱咤激励が飛んだように思われた。リチャードは軽く手を挙げて、それに素早く応える。ティム・アンダーソンも反応した。だがほかには誰もいない。

手持ち無沙汰の代理人たちは、壁に並んであらぬ方向をみている。恐らく電光掲示板の数字が、顧客たちとの打ち合わせ額を、すでに大きく越えてしまっているのだろう。矢代は一瞬でも「落とせた」と思ったら、それでもう勝負はお仕舞いだと思っていた。一度気が緩むと、そこから立ち直るのは容易でない。再起のエネルギーを蓄積させている間に、作品はどこかに掠めとられてしまう。

そこで気力を持続させながら、目でリチャードの動きを追った。代理人同士の戦いで、会場のゲストには誰と誰とが競り合っているのか、まったく判らなかったはずである。にもかかわらずオークションルームのあちこちで、九九パーセント印象派好きのジャパニーズ、スギハラ、ミツオキデパート、カミヤマなどとささやかれていた。よく耳を澄ませるとそのなかには、喫茶コーナーで話されていたイギリス国有鉄道年金基金の名前も混じっていた。

「二一〇〇万、二一五〇万」

リチャードが電話で早口に、何ごとかまくし立てている。矢代は反射的に首を激しく振った。そんな国際電話の振りなんかやめちまえ。ここでこの俺が、腕組みをして続行と指示しているではないかと思った。ゴーサインのつもりだったが、はたしてリチャードの目に入っているのだろうか。そしてそれがこの興奮しきった雰囲気のなかで、ハーディングに正しく伝わっているのだろうか。矢代はもう少しで腕組みを解き、代理人に手を振りそうになった。中腰の足がガクガクしてくる。

「二二〇〇万」

五二億八〇〇〇万円。ほとんどの代理人たちはぴくりとも動かない。スイスの画商が、ひとりでつぶやくように喋っているのが聞こえてくる。もはや撤退宣言かビッドか、あるいは単なる愚痴なのかも判然としなかった。そうか、スイスの画商はもう一杯いっぱいなんだなと矢代は思った。ゆっくり、ゆっくり、身を屈めて匍匐《ほふく》前進……。こうした局面であわてる理由はひとつもない。

「二二五〇万、二二五〇万ポンド」

リチャードがそっと左手を挙げただけだった。ついに会場全体が静まり返った。賑やかだった代理人も観客たちも声を出さなくなった。ティム・アンダーソンでさえもが、この沈黙をこよなく愛しているかのように黙りこくっている。

「最後、最後ですよ。いいですね」

ハーディングは右手を思いっきり伸ばし、ペン先でティム・アンダーソンの心臓をえぐるように指している。少なくとも矢代にはそんな風にみえた。静寂のなかに息詰まるような数十秒が経過する。スイスの画商はさぞ重圧に喘いでいることだろう。

「では二二〇〇と五〇万ポンド（五三億一三〇〇万円）で落札します」

オークショニアは左手に握りしめたハンマーの頭の部分を、競売台の隅に思いきり叩きつけた。

七時三二分。セイルズルームにはカーンという乾いた音が、高い天井にこだまして部屋中にとどろき渡った。七分間ですべてが決着したのである。

祝杯

「これですべてお仕舞いか。はたして落とせたか。ライバルたちはうまくかわせただろうか。限界金額には、たしかまだ五〇万ポンド（一億二〇〇〇万円）ほど残していたと思うが。自分では最後まで、腕組みを解いたつもりはない……」

矢代は必死になって自分自身にそう言い聞かせていた。

それにしても、オークショニアは本当にリチャードを指さしていたのだろうか。物陰に誰か別の人物が潜んでいたのではなかろうか。スイスの画商のつぶやきは一体何だったのか。女性館長の派手なスカーフは、常識の裏をかく威嚇作戦というだけのことなのか。正確なところは何ひとつとして判らない。一体どこの誰が、この目の前にある「ひまわり」を獲得したというのだ。考えることがあまりにたくさんあり過ぎて、彼はただ呆然としていた。

二二五〇万ポンドという数字は、プレミアムを入れると二四七五万ポンド（三九九二万ドル、五八億四一〇〇万円）に達するはずである。だが、果たしてそれでいいのだろうか。今後の経済変動はこの件にどう響いてくるのだろう。いずれにしても過去最高の三倍に近い、とてつもないレコードプライスであることだけは間違いなさそうだ。慣れないオークションでは、すべてがあっという間に流れ、矢代にはどこか判然としないままであった。

結局スイスの画商にすべてを委ねたオーストラリアの実業家コリン・ウッドは敗れ、出版業者ウェルター・アンネンベルグの代理をつとめたフィラデルフィア美術館の女性館長も引きずり降ろされたのだ。ぱらぱらと沸き起こった拍手で、人々はみな一斉にわれに帰った。その瞬間、待ってましたとばかりに記者たちがフラッシュを焚いた。後は割れるような拍手と歓声だ。ジャパンマネーがアートビジネスの晴れ舞台で、ついに世界の頂点に立った瞬間である。

オークションを仕切ったチャールズ・ハーディングは、「一〇〇〇万ポンド（二三億六一五〇万円）がひとつの壁だと思っていたが、まさかここまで行くとは」とひとり声をつまらせた。ワールド物産については本当に何も知らない様子であった。誰もが予期しない日本の大健闘である。地味なものばかり拾っていたジャパンマネーが、ついに「ひまわり」という超弩《ど》級の大物を競り落としたのだ。

その立役者はワールド物産の渡辺紘平であり、矢代雅彦であり、リチャードであったのだ。矢代は腕組みを止め、椅子へぺたんと座りこんでしまった。そんなひとりの孤独な男を除いて、観客たちは総立ちとなって歓喜を爆発させていた。右隣の老婦人が矢代に語りかけてくる。

「あなたいまの落札みたでしょ。何というお金持ちなの。アメリカ人かしら、それとも日本人かしら」

「さあ判りませんね」

「オークションにはずいぶん通っているけど、こんなに使いっぷりのいい人たちをみるのははじめてだわ。私の古い家具や焼物も買っていただけるかしら」

「それは判りませんが、やっぱりとてつもない金額ですよね」

矢代はとぼけてみせた。

「私の田舎ではね、高すぎる買い物をする人をアホウドリさんというの。あんまり尊敬されないわね」

気がつくとロスチャイルドの社員は、メモ帳を手に四方八方から押し寄せてくるジャーナリストたちの質問に、必死になって答えている。ジャパン、ジャパニーズというささやきはみんなの叫び声となり、ついにひとつのうねりとなって辺りに木霊していた。覚悟していたこととはいえ欧米の宝物を横合いから、資金力の拡大に物をいわせてかっさらったようで、矢代はどことなくばつが悪かった。

町田が後ろの方から声をかける。

「お疲れさまでした」

「おい、どこへ行っていたんだ。無事に落とせたと思うか。みていてどうだった」

「これから照会しますけど、まず絶対に大丈夫です」

「それだといいんだけど」

「アンダービッダーになったティム・アンダーソンの依頼人は、スイスのベテラン画商でしたよね。部長と猛烈に競り合って、心身ともに憔悴しきっています。いまあちらのソファで冷や汗を流しながらへたりこんでいますよ。明日の朝まで起き上がれないいんじゃないですか。

彼の依頼人は、間違いなくオーストラリアの実業家コリン・ウッドでしょう。あの金額であそこまで頑強に粘れる人は、ほかにいませんから」

「アメリカのフィラデルフィア美術館はどうだろう」

「確かにアメリカ人は金をもっています。日本国内にいるとあんまり意識しないかもしれないけれど、いまだって本当のところは日本やオーストラリアの比じゃない。でも、それだからこそアメリカ人たちの金の使い方は、われわれとちょっとちがうような気がするんです」

「どんな風に」

「うまくいえませんが、いくら巨額になってもクールというかドライというか」

「いずれにしてもわれわれの敵はアメリカじゃなかった。中近東でもなくて、オーストラリアだったのだ」

矢代は東京でリチャードから聞かされていた、「別の大陸の強力な競争相手」という言葉を思い出していた。

「日本対アラブのペルシャ湾岸決戦ではなかったですね。日豪の第二次太平洋戦争かな」

「恐ろしいことというなよ。それにしてもライバルというのは、思いもかけないところから降って湧いてくるもんだな」

矢代は眉間にシワを寄せ、しばしの間黙りこくっていた。

「君は、マネの『舗装工のいるモニエ街』のときもみにきていたの？」

「いいえ、あのときにはまったく関与していません。永澤課長と大西先生がこられたのも知りませんでした」

「そうか。今回のビッドを通して、私ははじめて国際オークションというものの怖さを知ったよ。もしも私が永澤課長の立場だったら、やっぱりマネは落とせなかったろうね。『ひまわり』のことは、すべてあの失敗がベースになっている気がする」

「そんなもんですかね」

ジャネットは競売台の横で、日本人ジャーナリストたちにぐるりと取り囲まれていた。矢継ぎ早に質問が飛ぶ。

「確かにすごいレコードプライスが出ましたが、いまの日本の経済力からすればそんなに驚く額ではありません。ゴッホのあの作品は世界的に有名な、別格的なものです。アルル時代のゴッホについて詳しく知りたい方はロナルド・ピックバンスか、ベルナール・チェリッシュの著書をお読みください」

「これからのマーケットは、今日の『ひまわり』が規準ですか」

「ですからその……。今回の値段が、すぐほかに影響するとは考えられません。それとは別に、もの不足と、円高と、インフレ基調、つまり経済の過剰流動性ということでですね、とくに日本人好みの印象派・近代絵画はまだまだ値上がりしていくと思われます。ほかには何か」

その様子をみて、オークションハウスの幹部や美術業界の常連たちがあつまってきた。ロスチャイルド・ニューヨーク社長のスティーヴン・サイモンは
「今夜実際に起こったことを理解するには、ずいぶん時間がかかるだろう」

といい、それが呆然とするほどインパクトの強い一撃であったことを素直に認めている。オークション一回分の予想売上高が、「ひまわり」一点でほぼ達成される。総売上はそれまでの三倍へと一挙にふくれ上がったのだから、彼が肝をつぶすのも無理はなかった。（オークションハウスの内幕をするどく抉った一九九五年の本では、このときのカラー写真が巻頭で見開きに使われている。ひとつの時代を画した記念的競り合いであり、プライスというわけだ。ロスチャイルド自身にとっても、このオークションがいかに大きな出来ごとであったかを如実に示すも

のであろう)。

画商のアレクサンダー・P・ローゼンバーグはゴッホの落札を〝ひとつの経済現象〟とし、決してアートの問題ではないという。「この絵の価値、あるいは芸術の一般的な評価とは何の関係もない」出来ごとだったと総括する。またブラッドフォード・ニューヨークの印象派・近代絵画部門担当者ジョン・キャンベルは、二二五〇万ポンドという金額が市場のレベル全体を押し上げることはあるまいと予測する。

そしてアート・アドヴァイザーのジョゼフ・キーファーは、まるで事態を正確に予想していたかのように「いまやすべてのものが破壊的になりつつある。『ひまわり』は、このてんてこ舞いの状況につけ加えられたさらなる混乱であり、ビーティー家を除いて誰にも何の得もあたえはしない」と語気するどく批評してみせた。

矢代と町田はやおら椅子から立ち上がり、美術関係者たちのわきをすり抜けて、人ごみに押し流されるようにして表へ出た。人々の立ち去りがたい思いを反映してか、通りへ出るまでには一〇分以上もかかった。しかし幸いなことに、ふたりに注意を向けるジャーナリストはまったくいない。

ふたりはアンソニー・ブラントン夫妻と待ち合わせ、彼らが贔屓にしているレストラン・プリムコへとすべりこむ。ロンドンの中心部ピカデリーサーカスから、セント・マルガレーツ通りを車で一五分ほどいった、ヴォクソール橋のたもとにひっそりと建つ目立たない店だった。だが一歩店内に足を踏み入れると、美術品の類いは中途半端ではない。臙脂《えんじ》色のカーテンの向こうにさりげなくバルテュスのオリジナルがかけられていたりする。美少女がスカートをたくし上げ、白い下腹部をあらわにしているちょっとエロティックな図柄だ。

「面白い絵ですね」

「うちの人はワインについてはうるさい方だけど、絵はからっきしだめ。詳しい話は、義弟に訊いてくださいね」

ブラントン夫人は椅子をすすめながらいった。

「バルテュスのめずらしい水彩画らしい。弟によればサルバドール・ダリの堕落ではなく、かといってビアズレーの放埓でもない。キヨシ・ハセガワに通じる乾いた色気なんだそうです。私にはよく判りませんけれども」

「リチャード・ブラントンさんには、言葉ではいいつくせないほどお世話になりました」

「もともと頭のいい子で、オークションの国家資格をとるのも早かった。いま競売会社のあいだで注目されている若手のひとりだと思います。今夜はジェフリー・アーチャーや、ハインリヒ・ティッセン男爵といった業界の大物もやってきたから、リチャードはさぞ満足していることでしょう。

わがブラントン一族はもともとランカスター家につながる名門だから、今日オークショニアをつとめたチャールズ・ハーディング卿に比べても、決してひけをとることはない。弟は将来オークショニアになるだけの資格は備えているのです。この成功がきっかけになって、これからも世界の富豪たちに可愛がられるといいのだが」

「世界中の有名美術館にあれだけ太いパイプがあるのだから、鬼に金棒ですよ」

矢代はそういってから町田の方を向き、このオニの譬《たと》えは私の英語でも判ってもらえただろうかと訊いた。

「うちの美術館は、これでようやく勢いを盛り返します。できてもう一〇年になるのですが、このところちょっと客足が遠のいて元気がなかった」

「公立なら全部税金で面倒をみて、入場料をただにするという最後の切り札が残されていますけどね」

「いや、その公立だってこの節はのんびりしていませんよ。ヨーロッパ美術の名品を購入して、しっかりと経営しているところがあります。山梨県立美術館をご存じですか。ミレーの傑作をいくつも並べている。とくに二億五〇〇〇万円で購入した『種まく人』が有名で、日本では第一次美術ブームの火つけ役をはたしています。うちの美術館がオープンしてすぐの出来ごとだったので、しっかり記憶しています。

今回のわれわれの行動も、『種まく人』がお手本になっているといえばいえなくもない。地元のワイナリーと組んで牧歌的な雰囲気を盛り上げ、観光客の誘致に成功しました。もう少し古いところでは、街ぐるみで来館者を掘り起こしてきた倉敷の大原美術館が有名です」

「そちらは知っています。紡績会社を親子三代に渡って経営している、富豪の一族でしょう。ヨーロッパのコレクターにはなぜか銀行、石油、海運、デパートの関係者が多いが、紡績というのは聞いたことがない。ちょっとめずらしいですね」

「最近では広嶌銀行や、株式会社ブリヂスターも活発にやっています。よくありがちな単発の花火ではなく、高額美術品の購入をてこにして、美術館の経営全体をしっかりと組み立てている。うちも今回『ひまわり』を獲得して、やっとその仲間入りがはたせたというわけです」

アンソニーはきらきらと光るワイングラスを持ち上げた。

「それじゃあ、晴れて東の国へ旅立つことになった『ひまわり』に乾杯！」

祝杯を上げるころになって、矢代にはようやくすべてが終わったのだという実感がわいてきた。それは確かに国際的な大勝負を制した歓喜の高まりであった。だがその一方で、一五〇万ポンド（三億六〇〇〇万円）もの予算オーバーを、自分ひとりの責任で背負いこまねばならなくなったことへのほろ苦い思いでもあった。

「獲得できたのは喜ばしいのですが、予定額のオーバーを東京の本社で説明しなければなりません」

矢代は永澤の、「逸脱すれば背任行為」という言葉を思い出しながらいった。

「そんなもの、為替差益で一気に吸収してしまえるでしょう」

「それをするには、一ポンド二二〇円の線まで円高になる必要があります」

「うーん」

「今朝一〇時のレートは一ポンド二三六円一五銭でしたから、あと一六円ちょっとですか」

矢代の頭のなかには、すでに何種類かのチャートが想定されているようだった。

「六・八パーセントですね。いまの円高基調でいくと、そのくらいは何とかなるような気もしますけど。美術品の海外持ち出し許可が下りた時点で、為替がどっちに振れているかが問題ですね」

「明日からまた円とドルの動きにふりまわされて、コマネズミのように働く毎日が待っているということです」

「われわれイギリス病に悩んでいる者からすると、いまの日本は羨ましい限りだ。良質な労働人口が、比較的コンパクトな国土のなかに整然と、実に効率よく暮らしている。概して所得が高い上に均質化しているので、高い消費水準を支える国民としては申し分ない。日本経済の強さの秘密でしょう。いつでもどんなビジネスでも成立させてしまう、こんな国はほかにありませんよ」

「一億総ミドル階級、単一民族国家という、にわかには信じがたい神話のなせる技ですね」

町田が言葉を添えた。

「このまま行けば二一世紀には、世界のGNPの二〇パーセントを日本が占めるでしょう。一人当たりの国民所得も断然世界のトップである。世帯当たりの金融資産は三倍となり、対外純資産は四倍を超える。株式の時価総額にいたっては、現在の数十倍、一京円にさえ達する可能性がある。いままでさまざまな予測データを、すべて上方修正してやってきた国だから、今度もこのドリームプランを、そのまま実現させると思いますよ」

「それに甘えて最近の若者たちは、なかなか就職したがらない。大人たちも、一日一〇万円のゴルフコースで飲んだ高級ワインの味が忘れられない」

「それは忘れなくてもいいのじゃなくって。美味しいトスカーナ産をもう一本いきましょう」

アンソニー夫人のすすめに、三人とも声を立てて笑った。

同じころロスチャイルドのプレスオフィスでは、ファン・ゴッホの生誕を祝う巨大なバースデーケーキが部屋の真ん中に据えられていた。ケーキのてっぺんにはレコードプライスを予想していたかのように、砂糖とバターで精巧につくられた「ひまわり」がちょこんとのっている。

美術記者や内部スタッフたちが次々と呼びこまれ、シャンパングラスとペーパーナフキンが手渡される。

興奮さめやらぬ面持ちのチャールズ・ハーディング会長は、「これはリチャード・ブラントン、ティム・アンダーソンの両氏だけでなく、力を合わせてくれた全社員の勝利だ。とにかくありがとう」と挨拶して杯を高々と掲げた。精神の錯乱と戦いながら孤独に「ひまわり」を仕上げていった不遇の画家の出生を祝うには、いささか華美なパーティーであった。

東京午前六時

ロンドンでオークションがはじまったとき、東京は三月三十一日午前二時半であった。真っ暗に静まりかえった六本木のオフィス街で、ワールド物産ビルの一〇階にある広報室にだけは煌々と明かりが灯っている。笠井徹室長以下大半の職員が寝ずの番で、いまや遅しとロンドンからの連絡を待ち受けていた。「ひまわり」のハンマーが振り下ろされたのは午前三時三一分。担当者たちは四時をだいぶまわった時計をみながら、

「うまくいっていれば、そろそろ何とかいってきてもよさそうなものだけど」

などと言い合っていた。鳴らない電話を横に、笠井は深々とソファに身を沈みこませる。結局、夜はそのまま白々と明けたのである。

渡辺は早朝五時半ごろ社長室に入る。テレビは朝から「ゴッホの『ひまわり』五三億円で落札」のニュースを流していた。海外では「落札者は九九・九パーセント日本人」とか「新オーナーはトーキョーのレイジロウ・スギハラ」などと伝えるものもあった。熱いコーヒーをすす

りながら、それをながめていた渡辺は「またしてもダメだったか」との思いをしだいに強くしていた。

窓から東の空を見上げると、雲が茜色に染まり、辺りが少しずつ明るくなっていくのが判る。こんな都心でも耳を澄ませば鳥の囀る声が聞こえてくる。路上に横たわった高層ビルの巨大な影は刻々と動いていく。ロンドンはまだ夜のとばりのなかに深々と眠りこんでいるのだろう。人間たちの切羽詰まった思いをよそに、自然の営みは今朝もいつも通り進行していく。しかも片時もとどまるところを知らない。

オフィス街のひろい通りを、新聞を満載したバイクがかたかたと音を立てて走り過ぎていった。部屋の丸い時計が午前六時を指している。笠井は広報室の壁にかかったスケジュール表をみるともなしにみた。「一〇時／社内報打ち合わせ、一一時半／美術館の名称変更・発表について、一四時／新型石油精製システムのプレスリリース発送、一七時／東南アジア優秀エージェント表彰式の開催会議」。

今日も案外平穏な一日になるのかなと思った。と、そのとき内線電話が鳴り社長室へ呼ばれる。この中途半端な状況を何といえばいいのだろう。笠井は即座に言い訳のセリフを探した。

「とうとうやったぞ。二二五〇万ポンド、五三億一〇〇〇万円だ。いまロンドンから連絡が入った」

「ええっ！」

笠井は後がつづかない。

「四〇億円からしつっこく追いかけられ、思いのほか苦戦して、競り上がってしまったらしい。だがとれたんだからいい。これまでの三倍近いレコードだから、こりゃあちょっとした見物だ。美術界以外でも話題になるかもしれない。覚悟しておかないとな。どんな報道が出てくるか軒並みチェックしてくれよ」

「判りました。スタッフは昨夜から待機していますから、メディア毎に手分けして当たらせます」

「それからうちの名前はできる限り伏せておいてくれよ」

「ロスチャイルドの話では、事後処理はすべてロスチャイルド東京の名前でやってくれるそうです。でもレコードプライス自体は世界中のメディアを駆けめぐるでしょうから、どこかでスクープがないとはいいきれません」

「企業の社会的責任からダンマリというわけにはいかないだろうが、それでも発表はできるだけ間を置いた方がいい。予定外の漏洩がないよう再度確認をとってくれ。村田総務部長が出社してきたら、早速今後の対策会議をやるからな」

「判りました。とりあえず社内の箝口令は継続でよろしいですね。とにかく、おめでとうございます」

　笠井は急ぎ広報室へ駆けもどる。スタッフたちは寝ぼけ眼をこすりながら、それでも一斉に室長の方をみた。睡眠不足だというのに視線は痛いほどだ。笠井は指で丸いサインを出しながら「マルだよ」といった。その瞬間、全員が歓声を挙げた。

「いやあ、まいった。いま社長からいわれたんだけど、今朝ほどロンドンのオークションで『ひまわり』を落札したそうだ。金額は手数料こみで五八億円。もちろん世界記録。文句なしのレコードプライスですよ、これは。額が額なので、社内外からどんな反応が飛び出してくるか判らない。でも、こうなったら腹をくくるしかない。

　マスコミさんは出る杭が大嫌いだから、はじめは足並みそろえて叩いてくるだろう。国鉄の民営化ぐらいしかネタのない時期だし。でも文化的にいいことをやっているんだから粘り強く説得すれば、後半は必ず盛り返す。そうして最後はうちが全面勝利する。みんなの力でそういうパターンに持っていきましょう」

　笠井は担当者たちに、いまの気持ちを素直に伝えた。その日の夕刊には早くもロイター電の第一報が載る。

「最高の58億円で落札／ヴァン・ゴッホの『向日葵《ひまわり》』は二千四百七十五万ポンド（三千九百九十二万ドル、五十八億四千百万円）で個人収集家の手に渡った。三十日……印象派・近代絵画オークションで取引されたこの絵は、これまでドルベースで絵画競売史上最高だったマネの『舗装工のいるモニエ街』の千百七万ドル（七百七十万ポンド）の記録を一挙に塗り替えた。同収集家は匿名を希望し、電話による参加で競り落とした。会場で『バイヤーは日本人』とのうわさも流れたが、同社は一切を明らかにしなかった」（日本経済新聞、三月三十一日）。

落札者の噂をわざわざ表記する辺り、すでにコレクターの正体はある程度つかんでいる様子である。

翌四月一日、須賀平三郎美術館は名称をワールド物産須賀平三郎美術館と改めた。同館はこれまで「須賀平三郎展」のほか、「モニック・グルゴー展」「バロン・ルヌアール展」「北大路魯山人展」など、折にふれてさまざまな企画展を開いてきた。だが、これからは個人顕彰の枠にとらわれず、欧米の名作も視野に入れ、ごく当たり前の美術館としてオールラウンドな活動を目指すことになった。

週が変わって四月八日の水曜日。夕方矢代が重いサムソナイトを引きずってマドリードからもどってきた。早速渡辺に出張報告をする。

「お陰様で何とか『ひまわり』を落札してきました」

「ご苦労さん」

「二一〇〇万ポンドの指し値は私の方にも伝えられていたのですが、現場の状況からそれでは入手できないと判断しました。結局私ひとりの考えで二二五〇万ポンドまで競り上がってしまい、まことに申し訳ありませんでした」

「よく思いきってくれた。ようやった、ようやった」

「最後の局面では切羽詰まってしまって、どうしても社長の了承をいただく時間的、精神的ゆとりがもてなかったのです」

「テレフォンビッドという手もあったが、やっぱり現場に采配を振るえる人間を派遣したのが勝利のポイントだったな。朝のテレビでは『五三億円で落札』と流していたので、こりゃあまたてっきりやられたなと思っていたんだよ」

渡辺は、自らの読みがずばりと的中して、ひどくご機嫌であった。秘書の連絡を受けて、各セクションの仲間たちが社長室にあつまってくる。矢代はロスチャイルドのマークの入ったオークションブックをみんなに配った。

「みなさんのお陰でなんとかものにできました。これは渡辺社長をリーダーとするチームワークの偉大な成果です」

「なかなか連絡が入ってこないので、明け方の四時半にはもうダメかと腹をくくりましたよ」

笠井がいう。

「レコードプライスを樹立した結果、ロスチャイルド株は目下ロンドンでストップ高だそうです」

「ほほう」

みんなの声がそろう。

「リチャード・ブラントンさんの電話は、結局当たっていたんだね」

永澤がいった。

「当たり前じゃないですか。アンダービッダーなんか作為的につくれるものではない。もしニセモノのアンダービッダーをでっち上げておいて、うちが弱気になって降りてしまったら、売りと買いで一〇億六二〇〇万円ものプレミアムを一挙に失うんですよ」

矢代は少しむきになった。

「しかしプレビューの時点で大方のコレクターは、三〇億円前後が妥当な金額だと考えていた。矢代部長もそうした声を、プレビュールームで直接聞かれたでしょう。それが顧客たちの偽らざる心理というものだ」

永澤がいう。

「これまでのレコードは、一八億円とか二四億円のレベルだったですからね」

矢代が応じた。

「それをロスチャイルドは、エスティメイトその他の情報戦術で、たくみに四〇億円へ誘導しようとしたのは確かだ。みんなの予想が三〇億円のところに、四〇億円の落札価格が出てくれば、じゅうぶんインパクトのある立派なレコードプライスとして通用するからね」

永澤はたたみかける。

「ところが実際のマーケットはそう反応しなかった」

渡辺が口をはさんだ。

「ロスチャイルドの誘導さえものり越えて、五〇億円代の奪い合いとなった。そして最後には五三億円にまで到達してしまったというわけだ。買い手の私がいうのも変だが、矢代君がその市場心理とやらに拘泥していたら、明らかに『ひまわり』の獲得はなかったのだよ」

渡辺はしんみりとした口調でいった。そのとき広報室から笠井に走り書きのメモが届けられる。笠井は渡辺に向かっていった。

「新聞社から『貴社落札の情報を得た』という連絡がきたそうです」

「そうか。もう知られてしまったか。意外に早かったな」

渡辺は舌打ちしながら、悔しそうな表情をみせた。

「矢代さん、成田で新聞記者たちにみつかったんじゃないの。ここ何日か張りこんでいたという噂ですよ」

　笠井が茶化すようにいった。

「そんな気配はまったくなかったが……」

「いやだなあ、そんな深刻な顔をして。ここまできたらもう隠していても仕方ありません。マスコミの先手を打って、むしろうちの方から正式に発表した方がいいと思いますが、いかがでしょう」

　笠井が、言い淀んでいる矢代から言葉を引きとった。

「ぐずぐずできんな。みんなに異存がなければ、そうしてくれ」

「判りました。ファックスで各社に流す原稿はもう出来ています」

　笠井はわが意を得たりとばかりに勢いこんでいう。村田がみんなの方を向いて「明日は定例の取締役会があります。『ひまわり』を報告案件のなかに入れますから、どうかよろしくお願いします。報告が遅れるとかえってうるさいですから、早めにサラリといきましょう」といった。彼にいわれると妙に納得して、安心してしまうのが不思議である。

　実際の会議では村田部長が、オークションブックをかざしながら、名画落札までの大まかな経過報告を行った。補足をもとめられた矢代は、ぶっきらぼうに

「相手のあることなので、とにかく幸運だったとしかいいようがありません」

とだけつけ加えた。それが終わるのを待ちかねたように、ばらばらと手が挙がる。

「海外のオークションに参加することは薄々知っていたが、正式には常務会にも取締役会にも事前報告がない。すべて極秘のうちにすすめられてきたのですか。オークションがいくらオープンマーケットだといっても、それに参加する人間が秘密主義では、日本のディーラーズマーケットと少しも変わらない」

「当初四〇億円台だった予定価格が、終わってみれば五八億。いくら何でも、これはちょっと行き過ぎじゃないですか。カラクリがあって、体よくオークション会社にのせられたとしか思えない。これでは企業イメージをアップさせるどころか、お客様の信頼を根底から覆してしまう」

批判めいた発言がつづく。

「前評判が立たないよう細心の注意を払い、ロスチャイルドの内部でもワールド物産の限度額を知っていたスタッフはほんの数名です。ですからこれは、どこからみても公正な入札です。烈しい競り合いの末、現在の国際マーケットが『ひまわり』に対してはじき出した、適性価格なのです」

憮然とした表情で矢代が反論する。

「適性な市場価格といったって、それを支えているのはわが社とオーストラリアのコリン何とかさんだけじゃないですか。酷な言い方をすれば、ヨーロッパやアメリカの判断がひとつも入っていない」

両者の議論はなかなか噛み合わない。矢代は名画の購入を快く思わない役員が、まだこんなにいるのかとあらためて驚いた。彼らの気持ちの奥には、どうやら矢代や村田たち中堅グループの抬頭に対するやっかみも含まれているらしい。

最後は渡辺が

「いろいろ意見もあるだろうが、人類の宝を獲得するためには、やっぱり国際競争は避けて通れない。オークションに勝つためには秘密でことを運ぶ必要もある。少し高めになったとは思うが、数年もすれば次のレコードが出るだろう。そうすれば五八億円なんて安いもんだったという話になる。

いま世界はドル、ポンド、フラン、マルク、円がお互いを食い合う通貨戦争の真っ最中だ。幸い日本は国際収支が黒字の債権国として、ドルに対して優位な立場にいる。この恩恵をじゅうぶんに受けて、いまこそ経済的、文化的な遅れをとりもどす努力を怠ってはいけないと思う」

と締めくくった。

九日の朝刊には、各紙一斉に「落札者はワールド物産」の文字が踊っていた。笠井のもとに

は問い合わせの電話が殺到する。彼は記者たちに対し

「当社は来年十月に創業一〇〇周年を迎えるので、その記念事業の一環として購入を決めました。価格は必ずしも安いというわけではないが、世界中を見渡して、『ひまわり』のシリーズでいますぐに手に入れられるのはこの一点だけです。この機会を逃せば日本が獲得できるチャンスは二度とありません。ですから何年かたてば、きっと買っておいてよかったと思っていただけるにちがいありません」

と答える。夕刊には「ひまわり」の写真と、続報記事が掲載された。

「〝輝く黄色〟で知られ、ゴッホの作品群の中でも傑作の一つとされ、教科書などに取り上げられ、わが国でもよく知られている。『ひまわり』は、これまでの最高記録の三倍にものぼる高額で落札され、オークション直後から『日本人』が落札したらしいとのうわさが出ていたが、その評判通り、買い主は印象派の作品が好きな金持ちニッポンだった」（読売新聞、四月九日）

青白い炎

広報室ほどではないが、矢代のもとにも何本か電話が入る。そのうちの一本は、ニューヨークのオークションハウス・ブラッドフォードからのものであった。

「はじめまして。マーケティング部門アジア担当の磯貝照子と申します。矢代部長に当社のオークション出品作をお知らせしたくて、お電話をさし上げました」

「はあ。私は矢代雅彦ですが、何かの間違いではありませんか。ここは商社の海外事業部で、アートの仕事はやってませんよ」

矢代はこれが噂の磯貝女史かと思いながら、そらっとぼけてみせた。

「あら嫌だ。化けるのがなかなかお上手ね。この間もアメリカ大使館のパーティーで、矢代部長のお名前が何度も出ていましたよ。カルチュラル・アタッシェ（文化参事官）たちは口々に、いま日本を代表するアートの機関投資家は矢代さんだって」

「ええっ、そんな」

「部長はいつも大勢の人にとり囲まれて、独得のバリアを張っていらっしゃるでしょ。だから、なかなかアプローチしづらいのよ」

当てつけがましい言い方に、矢代はちょっとムッとした。

「それで、ものは何です」

「ウィーン象徴派の画家グスタフ・クリムトの『オイゲニア・プリマベージの肖像』と、ルオーの『道化師』です。クリムトはもともと色彩豊かな画家で、とくに女の何の描写がストレートでしょう。殿方たちの評判も上々ですわ。五月十一日と十二日に、ブラッドフォード・ニューヨークで近代美術だけのイブニングセールをやります。そのためのプレビューにきていただけると有り難いですわ」

「考えてみましょう」

ジャネット・トンプソンに勝るとも劣らない、堂々たる押しである。

「それからこれは蛇足かもしれないけれど、オークションハウスのご開祖はロスチャイルドではなくて、うちですからね。覚えておいてくださると助かるわ」

聞いた限りではなかなか面白そうな作品である。矢代は早速、大きな写真つきの資料を送ってもらうことにした。一方同じころ社長室では、昭和電光名誉会長・鈴木治生のやや甲高い声が、ひろい部屋に響いていた。

「渡辺さん、これは快挙ですよ。日本のアートワールドは、お説のように早晩欧米と肩を並べるところまでいく。しかしわれわれ経済人がもっと積極的に市場原理を導入して、それをバックアップしていかないと、美術界の権威主義に呑みこまれてしまう。そうなったら日本のアートは世界の孤児だ。『ひまわり』はそうした動きに歯止めをかける、記念すべき第一歩ですよ。うちの会社でも買えるレベルのものがあったら、負けずに買っていきたいね」

渡辺の持論がすっかりのり移ったかのような口振りである。渡辺はまたしても千万の味方を得たような気がした。

矢代はいくぶん時差ボケの残った頭で、磯貝照子のいったニューヨークのイブニングセールなるものを空想しながら、海外出張の残務整理をはじめた。書類や名刺をとっておくものと捨てるものに分類する。アンディー・ウィルソンという、見覚えのない名刺の扱いに困っていたとき、受付から来客を告げる知らせが入った。めずらしいことに、アポイントメントなしの訪問客らしい。

「部長さん、こんにちは。いきなりやってきちゃった」

明るい声にふり返ってみると、ロンドンで会った蕃麻里亜である。髪をまとめ上げ、わずかに白いうなじをのぞかせている。薄いブラウスの襟が丸くカットされ、まるでピンクの花びらのようだった。

「こりゃあ思いがけない人がきた。いまロンドンの書類を整理していたところだ。あなたがやってくるって、虫が知らせたのかなあ」

「私、東京本社ははじめてなんです」

矢代は事務所の堅苦しい応接セットを避け、彼女を最上階の喫茶室「サルタンバンク」へ案内した。六本木界隈の高層ビル群を望む見晴らしのいい席をすすめる。

「驚いたなあ。私のオフィスにどうぞとはいったけど、こんなに早くやってくるなんて」

「いま日本に一時帰国しているんです。今朝、新聞をみていたら『ひまわり』のことが大きく出ているじゃないですか。もうびっくりしちゃって」

彼女は素っ頓狂な声を上げた。

「ロスチャイルドでお会いしたとき、矢代さんと町田さんのおふたりがゴッホを買っている最中だったなんて、ちっとも知りませんでした。歴史的瞬間に出会ってしまったんですね。教えてくれればいいのに、意地悪」

「あのときはまだ買えるかどうか、よく判らなかった」

「いまだからいいますけど、実はあのとき部長さんの背中から、スーッと青白い炎のようなものが立ち昇っていたんですよ。プレビュールームに入ってすぐ気づいちゃった。ぞくっとするほど男の色気があって……。

私ってそういうところに、とっても敏感なんです。ゴッホのことをよほど真剣に考えていないと、ああはなりません。私と同じように、フィンセント・ウィレム・ファン・ゴッホに心底惚れこんでしまった人がいるんだなあと思いました」

通常はつけないウィレムというミドルネームに、彼女のゴッホ研究者としてのプライドがこめられていた。

「まったく自信はなかったけど、これから大きな勝負に出るんだという気合みたいなものだけはありましたね。ところで麻里亜さんは、どうしてそんなにゴッホに惹かれているの」

「自分でもよく判らないんですけど、あの純粋で一途な生き方かな」

「うちの渡辺社長はね、親の代からの熱心なゴッホ・コレクターなんですよ。戦争でフランスに没収された『ひまわりのデッサン』を、いまでも熱心に探しておられる」

「どんなデッサンですか」

「図柄は判らないけど、愛人や娘に描き残したものらしい」

「へえー。ゴッホにも子供がいたんですか」

「彼の子ではないが、愛人クリスティーヌにはマリアという女の連れ子がいた」

それを聞いて蕃麻里亜は、ふっと黙りこくってしまった。

「どうしました。何かいけないことでもいいました?」

「いいえ、ただちょっと……。私とよく似た名前なんでびっくりしちゃって」

「日本人がヨーロッパの名前と重なるのはよくあることだ」

「そうでしょうね。でもファン・ゴッホに関しては、なんだか偶然じゃないような気がしてきちゃって。私、何でも運命的に捉らえてしまう癖があるんです」

矢代には蕃麻里亜の表情が、不安で少し曇ったように思われた。

「五八億なんていうお金、想像もつかないわ。私が実感できるのは、ほんのささやかな二万円とか三万円とかだけです」

「驚いているのは私も同じですよ。仕事では毎日、液化天然ガスのシステムプラントを設置するため何億円という資金を動かしているけど、まったく現実感はない。一枚の絵にあんな大金を払うなんて思ってもみなかった。うちは基本的に、あまり形のある品物は扱わない部署だし。考えてみると五八億円って、五〇万円の給料の一万一六〇〇回分なんですよね。それだけ貰おうとすると……年一二ヵ月で九六七年もかかってしまう。今年貰い終えるには……一〇二〇年にスタートしていなければならない勘定だ。一〇二〇年というと平安時代で、藤原道長のもとで源氏物語や枕草子などがさかんに書かれていたころですよ」

「私のアルバイト料の二〇万円でいうと？」

「そうだなあ、二万九〇〇〇回分だから……二四一六年かかる。やっぱり今年貰い終えるには……紀元前四二九年にスタートしている必要がありますね。そのころは弥生時代をつき抜けて、縄文式文化の時代だ。各地でおどろおどろしい土偶や、打製石器がさかんにつくられていた」

「ふう、やっぱり大変ね。五八億ってとんでもない金額。

スーパーの食材でイギリス料理をつくるとすっごく安く上がるの、ご存じですか。部長さんはそんなこと知りませんよね。とにかくそうやって切りつめないと、ロンドンの水準に設定されたお給金では、とても東京の物価高にはついていかれません。なまじ大企業の豪勢な買い物を覗きみてしまっただけに、よけい惨めです。

東京の家賃があんまり高くなったので、もうワンルームマンションにだって住めないの。かといって田舎の実家にもどるのは億劫だし」

「実家はそんなに遠いのですか」

「千葉だからそんなに遠くはないけど、父・豪保《たけやす》が亡くなってからはどんどん遠ざかっていく気がするの」

矢代は、またまずいことを訊いてしまったなと思った。

「ロンドンに帰るまで、友達のところを転々としようかな」

「地価が一年で五〇パーセントも上がってしまうんだから、家賃が高騰するのも無理はない。私は二月に新築の一戸建物件をみにいったんだけど、手付け金を払うのが半日遅れただけで、後からきた人にさらわれてしまった」

「ちょっと待って。それって囮《おとり》の物件じゃありません。最近よくあるんですよ。ありもしない商品を並べてチラシをつくり、撒き散らすケースが」

「よく考えてみるとそうかもしれない。よそから内金の入ったタイミングが、あまりにもよすぎる」

「東京の変化は物凄いスピードですよね。私は大学で美術なんか専攻したので、よけいにそう感じるのかもしれませんけど、いまの日本人の感覚って少しおかしいです。絵だけでなく、マンハッタンのビルを買ったり、ハリウッドの映画会社を買収したり。誰も彼もが巨額の投機に走っている。そのくせ私なんか、ウサギ小屋にもありつけないんですよ」

「いまはそうでも、結果として名画がこの国に残ればいいじゃないですか。日本人だってアートを楽しむ権利はあるのだし」

「こんな乱暴なやり方で、本当に残っていくでしょうか。もし投機に失敗したら、その作品は借金のかたにとられて、永久に闇に葬り去られてしまうんでしょう」

「それは私には判らないけど」

「せっかく買ったセザンヌのリンゴの絵が、またヨーロッパへ売られていった話、結構有名ですよね。三起デパートではお正月に、五億円の福袋が用意されたそうです。なかにはルノワールとピカソの絵が一枚ずつ入っているんだって。もうアートは景品替わりなんですよ」

矢代は思わず返す言葉につまった。

「それよりゴッホの作品は、またどこかのオークションにかけられるんですか」

「六月末のロスチャイルド・ロンドンに、一八八八年の『トランクターユの橋』が出されるそうです。その後はブラッドフォード・ニューヨークの年末オークションに、かなりの名品が登場するんじゃないかって、もっぱらの噂です。

私は『詩人の庭、アルルの公園』辺りが怪しいとにらんでいる。構図的なまとまりはいまひとつだけど、ヒマラヤ杉の葉が力強いストロークで描き出された印象深い作品です。だからもしこの絵が出されたら、世界中のコレクターがニューヨークに馳せ参じるでしょうね。さらに情報が必要だったら、いつでもいってください」

「一昨年ロスチャイルドに出されたシリーズの一点よね」

「近ごろはいろいろな人に、ゴッホやオークションの専門家みたいにいわれて、ほんと穴があったら入りたい」

「『ひまわり』が東京本社へ到着したら、一度ゆっくり隅々まで鑑賞させていただけませんか。ロスチャイルドではあわただしくて、よくみられなかったの」

「そんなのわけないですよ」

矢代はその場から美術館に電話をしてやった。

「どうやら有料で熟覧という制度があるようですね。学芸員の立ち合いですけど、何時間みていても構わないらしい。うちの久永洋治という学芸員はね、東洋陶磁が専門で西洋美術のスペシャリストではないが、なかなか目が利く。意地っ張りな分だけ視点がユニークなんだ」

「わあ、よかった。これだから部長さん大好き。これからは、しょっちゅうきちゃいます。これ、いま書いている研究論文の抜き刷りなの。お暇があったら目を通してみて下さい」

蕃麻里亜は椅子から立ち上がると、矢代に駆け寄り、いきなり両腕に抱きついた。その瞬間コム・デ・ギャルソンの甘い香りが、矢代の鼻をくすぐった。彼女はロンドンのときと同じように、ぴょこんと頭を下げる。抜き刷りの表紙には『ゴッホの魂、ゴッホの自死』という文字が読めた。矢代はどことなく美術の論文らしくないタイトルだなと思った。

落札バッシング

ロンドン駐在の新聞記者たちは、ワールド物産の名前に特別の関心を抱きはじめる。それが「ひまわり」の落札者にちがいないという確信に変わった四月八日、ワシントンではG7（主要先進七ヵ国蔵相・中央銀行総裁会議）が開かれていた。宮沢喜一蔵相は為替相場を安定させるため、日本は引きつづき内需拡大につとめ、外国製品に対し一層の市場開放に努力すると約束する。

彼は戦後日本の経済運営でさんざんに辛酸を嘗めてきた人物である。双子の赤字に悩むレーガン大統領の苦境を噛みしめながら、その一方で日本が世界の主役に躍り出た心地よさに、すっかり有頂天になっていた。米財務省の廊下を歩きながら、顔をくしゃくしゃにして泣いているとも笑っているともつかない、この人独得の不思議な表情を浮かべていた。会議の成り行きに神経をとがらせていた大蔵省は、共同声明の発表を受け、ただちにドル安を促進する動きの一掃にのり出す。

大蔵省からすると名画の落札などは、国際的に円の強さを喧伝するもっとも好ましくない行動のひとつに映った。四月十日、村田総務部長は渡辺に
「兵藤政弘銀行局長が至急お会いになりたいそうです」

と伝える。いますぐ霞ヶ関の大蔵省まで出向いてほしいという。渡辺は
「うーん、そうか。いよいよきたな」

といった。言葉は後ろ向きだが覚悟ができているせいか、表情はさばさばしていて意外に明るかった。

社長専用の黒塗りの車が大蔵省のロマネスク風の門をくぐると、すでに大勢の記者たちがメモ帳を手に待ち構えていた。「五八億円の落札をどう思いますか」「円高ドル安の相場を助長するのでは」とたたみかけてくる。

カメラのフラッシュが一瞬辺りを真っ白にする。広瀬秘書課長は人波を押しもどしながら道をつくった。ようやくのことで建物にたどり着き、薄暗い廊下の先の、局長室のドアを叩く。兵藤は渡辺を部屋に請じ入れると、手でデスクのわきのやや硬そうな応接セットをすすめた。

「お忙しいところを、お呼び立てしてどうも。新聞やテレビの報道によると、ロンドンで高額な絵をお買いになられたそうですね。事前にちょっと一言、ご相談いただけるとよかったんですが」

「ゴッホの『ひまわり』です。うちの会社には先代のときから、美術品を通じた社会貢献の伝統があります。それで本社の四七階に美術館をつくったのですが、このところ客足がだいぶ遠のいています。それでみんなが知っている西洋美術史上の名品を買って、展覧会の目玉にしようと思い立ったのです。

あの絵は数あるゴッホの『ひまわり』のなかでも、もっとも出来がいい。晩年の充実した時期の作品で、花の数は一五もあります。ほかのはだいたい四つくらいかな。どうしてもこの機会に取得しなければ、という義務感にかられました」

渡辺はわざとまわりくどい言い方で話をはじめた。

「花の絵だからといって、花の数で価値が決まるわけのものでもないでしょう。まあ、美術の中身はどうでもいい。

商社は、資金の運用として美術品を売買することを法的に禁止されているわけではありません。しかし大蔵省としては、いまのように土地や株価の高騰につづき、美術品の相場も上がっているときに、インフレ心理を助長するような行動は決して好ましくないと思っています。海外のオークションで派手に競り合うようなことはもってのほかだ。厳に慎んでいただきたい、というのがわれわれの気持ちです」

渡辺は大蔵省こそプラザ合意の後、円高ドル安を歓迎して、さんざん土地や株を高騰させておきながら、いまさら好ましくないもないものだと思った。

「私どもはアートを投機の対象とは考えておりません。値上がりを期待して輸入し、社長室にかけてひとりニヤニヤと楽しむつもりはありません。あくまで美術館のパーマネントコレクション（収蔵品）として買ったのです。一般に公開する準備も着々とすすめています」

渡辺は名画の落札が、企業財テクとはまったく性質のちがうことを強調した。

「海外での金融摩擦や半導体摩擦が強まっているときに、日本の総合商社が資金力にものをいわせて美術品を買いあさっているようにみられ、外国の人々のわが国への反発を招きかねない。実際中国、韓国、台湾、それにインドネシア辺りでは、いつ反日運動に火がついてもおかしくない状態だ。

このことは大蔵省だけでなく、外務省でもひどく心配しています。こうした大きなところへの配慮についていては、牡丹グループ内でも常識ってものが働かないのですか。扶桑銀行の松沼会長や荒井頭取は、一体何をやっているのだろう」

「オークションは欧米文化のひとつです。アメリカでは美術館長が先頭に立ってビッドしています。日本では国立近代美術館をはじめ、国公立館はどこも手を出さない。いや、役所のシステムに制約されてまるで手が出せないから、私どもがまず先鞭をつけたのです。

今後は買い手としても売り手としても、みんなどんどん外へ出ていくべきでしょう。それが結局は摩擦の解消につながっていくのではないでしょうか」

　兵藤はしだいに苛立ってくる。

「企業が公共性とか社会性を重視すること自体は、たいへん結構なことです。しかし、美術品一点に巨費を投じ、それで文化活動とか社会貢献といわれてもちょっとピンとこない。そんなに儲かっているのなら、輸出入代金をもっと安くしてほしいと思うお客さんも大勢いるんじゃないですか。商品の性能競争に行き詰まりがきたのなら、価格競争という手だってある」

「局長は国内でだぶついた金が海の向こうにまであふれ出し、投機の対象としていろいろな海外資産を買いあさっている現象を、『ひまわり』にオーバーラップさせてお考えになりたいんじゃありませんか。ドルの安定よりアメリカやヨーロッパでの資産投機の動きを封じこめたいとか」

　銀行局長の顔にはたちまち不快の色が浮かんだ。

「そんなことはいっていません。しかし『ひまわり』は悪くすると、これから五年一〇年先、札ビラを切って世界を闊歩した日本人を象徴する存在になっていくかもしれないと、そう申し上げているのです。社長個人の立派なお考えはどうあれ、破天荒な金額での美術品の購入は、まともな商社のやることではありません」

「おっしゃっておられることの意味が、よく判りませんが。先日もワシントン・ポストの記者がやってきて、ワールド物産のアートによる社会貢献はすばらしいといってくれました。私どもが一企業の立場から芸術文化の振興をやらせていただいて、一体どこがいけないのですか」

「企業の利益は、必要経費や社員たちへの支払い賃金とバランスがとれるように算定されており、株主からあつめた資金が運用の結果もうかり過ぎた場合には、配当などで株主に還元される仕組みになっています。それが輸出入事業とさして関係があるとも思えない美術品を、手数料こみで五八億円も投じて買ったとなると、コンプライアンス上も大衆心理上でも問題が出てきます。『もうけ過ぎ』との批判を招きかねません。

一社が批判されれば影響はトレーディング業界だけでなく、金融界全体におよぶ。大蔵省が懸念しているのはまさにその点です」

兵藤は話が山場にさしかかると、ひとりで興奮しはじめた。

「五八億円といっても、うちの総資産二兆円に比べればわずか〇・三パーセントに過ぎません」

「まだそんなことをいっているのですか。これは口頭による〝厳重注意〟ですが、こうしたことがこれからもつづくとなると、監督官庁として黙っているわけにはいかない。渡辺さん、あなたは夜間大学の出らしいが、東大法学部出身の大蔵官僚を甘くみてもらっては困りますよ。組織のトップにふさわしい人物なら、ごろごろといくらでもいる。総合商社の社長が任期途中で交替するという事態には、いくらでも対応できるのです」

渡辺は腹のなかで「そうか、やっぱりあれか。うちの前副会長に勇退を迫った一件が、いまだに尾を引いているのだな。そういえばあの人は、銀行局のとなりの貿易局から天下ってきたんだったっけ」と思った。

「大蔵省の意向はよう判りました。おっしゃる通り企業は本来、本業を通じて社会に奉仕すべきものでしょう。しかしその本業にゆとりが生まれたら、それぞれ得意な分野で社会貢献をしていけばいいのじゃないですか。とにかくまあ、高額な美術品を落札するのは今回限りにして、後はいま一度じっくり考えてみるということで、今日のところは失礼させていただきます」

渡辺は軽く会釈しただけで、ドアも閉めずにすたすたと局長室を後にした。兵藤の言葉は、明らかにワールド物産の首脳部、それも渡辺紘平その人に狙いを絞った攻撃である。外に対しては蔵相が愛嬌をふりまき、内に対しては大蔵省のエリートがやくざまがいの脅しをかける。渡辺は、これがこの国の有り様かと思った。

会社へもどってみると、またしても受付に新聞記者たちがたむろしている。笠井広報室長によると、名画購入のいきさつを尋ねる社会部のインタビューだという。渡辺は疲れていて応じたくはなかったが、さりとて断るとかえって厄介なことになりそうな気がした。一息つくと、社長応接室で臨時の記者会見がはじまる。

「カネ持ちニッポンが世界の美術品相場を高騰させている、との批判があります」

「その批判は気にしている。しかし、明治初期、第二次大戦後日本から貴重な美術品が流出した。いま、日本が豊かになり、その逆の状況になっているわけだ。うちが保管していれば安心ですよ。世界から日本に見に来る。……転売して利益をとろうなどと考えていない」

「五十三億円は高い」

「はじめは四十億円ぐらいか、とも思ったが、せり上がってしまった。何がなんでも取ってくれと代理人に依頼していたこともあって決断した。当社の総資産は二兆円ある。そのうちの五十三億円。お客様への還元と思っている。……単純に割れば一人当たり四百円足らず。その程度をお返しするより、いい絵を日本で見られる方がいい、と思った。今日、大蔵省の銀行局長から口頭で厳重注意を受けたが、『目立ちすぎてはいけない』ということでしょう」（朝日新聞、四月十日）

この一問一答を踏まえ、朝日新聞は四月十三日の「社説」で、ふたたびこの問題を大きくとり上げた。「五十三億円の『ひまわり』」と銘打ち、気味が悪いほど大蔵省の意向に符丁をそろえた見解である。とくに松方コレクションや大原美術館が、私財で作品を購入したのに対し、ワールド物産は「企業が企業活動の一環として購入」したことが問題だという。

海外のジャーナリストたちもただ事態を静観してはいなかった。ロンドンやワシントンから国際電話でインタビューしてくる。「完璧な保存はできるのですか」「一般に公開する予定はありますか」といった質問が多い。新しい設備を整えたワールド物産須賀平三郎美術館で収蔵すると答えると、一応は納得してくれる。

しかしさんざん訊いた揚げ句、日本が買った「ひまわり」の値段は狂気の沙汰だとか、これも日本人のグッチ・シンドローム（有名ブランド症）のあらわれで、「死後、評価されることのなかった須賀平三郎の絵と並んで陳列される」と紹介されるにおよんでは、もはや何をいってもムダという感じは否めなかった。

保存への懸念が集中する背景には、恐らく日本文化への認識の低さが潜んでいるのだろう。それに加え第二次大戦中に芦屋の実業家・山本顧弥太が、青いバックの「ひまわり」を焼失させたことへの不信感が、いまだに渦を巻いていたのかもしれなかった。松方幸次郎の貴重な西洋美術コレクションが、ロンドンの倉庫パンテクニカンで焼かれてしまったことなど、誰も思い出そうともしない。

保険を設定するのが仕事のひとつである矢代にとっては、いずれも不愉快極まりない話であるにちがいなかった。極めつけは美術の専門家であるキュレイター（学芸員）たちの反応である。彼らはアートを日々の経済変動から切り離して保護するという本来の役割に固執するあまり、こうした件には一切関わろうとしない。たとえ関わったとしても、冷ややかな批判者の立場を超えることはまずなかった。

「金の余っている企業が不動産と同じように高価な美術品を買いあさる昨今の状況は、もう投資などといえるものではなく、短期で利を得ようとするりっぱな投機である。そこでは、美術品それ自体の本質的な価値は無視され、単に需給のバランスのみが重視される。即ち、人気のある（需要の高い）ものだけがどこまでも高くなり、逆にいえば、高いものほど儲かるという結果にもなる。いまや美術品は土地や株と同列視され、不当に価格がつり上げられ始めた。それも、私腹をこやすことしか考えない地上げ屋の手口と同じように」（新美術新聞、六月十一日）

ワールド物産は四面楚歌である。渡辺はこれからの対策を練るため、気心の知れた部下たちを社長室にあつめた。矢代、永澤、村田、笠井の四人である。

「覚悟していたこととはいえ、惨憺たる有り様だ。まず笠井室長から、落札バッシングの状況を報告してもらおう」

渡辺がいった。

「マスコミ報道はご承知のとおりです。相手にいっさい弁明の余地をあたえない、ものすごい反『ひまわり』キャンペーンでしたが、ここへきてようやく一段落です。電話の抗議は九日の午後から断続的にいまもつづいています。手紙は日に四〇通はあるでしょうか。みんな渡辺社長宛ですが、広報室で開封し処理させてもらっています。どことつながっているか判らないので、原則としていちいち丁寧なお返事を出しています。それからこのあいだは、本社の受付に右翼が押しかけてきました。どうやらこの問題は、近々国会でもとり上げられるようです」

「寄せられる意見はどんな内容ですか」

みんな口々に訊いた。

「まあどれも似たり寄ったりですが、おおむねふたつの指摘に分けられます。まず第一は、日本の企業活動を信頼してきただけにこのニュースはきわめて不愉快だ。物資の輸出入は、庶民の生活を守ってくれる行為として欠かせないものだから、どの商社もいながらにして巨万の富をあつめることができる。それをいいことに、近ごろの企業は財テクに走っている、といったものです。

もうひとつは、成り金日本のイメージがたまらなく恥ずかしいという意見です。世界各都市のビルばかりでなく、文化遺産まで金で競り落とすとはどういう了見だ。自分の絵の価値をみとめられないまま貧困のうちに自殺したゴッホが、浮世絵を通してあこがれた日本という国で、自分の絵が巨額で取引されたと知ったらどんな思いをするだろう。世界の芸術文化に寄与するためというのなら、もっとほかのやり方でやってもらいたい、といった感じです」

つられて永澤がいう。

「確かにいま日本の企業のなかには、本業そっちのけでマネーゲームに精を出しているものが少なくない。国内の株や土地を買いあさるだけでなく、海外でも証券投資やビル買収などで日本企業の派手な動きが目立っている。ブームはほんの一時的なものだとは思うが、その煽りでこんなに袋叩きにされるとは思わなかった。まったくはた迷惑もいいところだ」

みんな頷いてみせる。矢代が言葉を添えた。

「『ひまわり』の落札価格は、これまでのレコードプライスの三倍近くにのぼります。こんな例はほかにないでしょう。ナチスドイツからアメリカに逃れてきた銀行家ゴールドシュミットのセザンヌを、ポール・メロンが過去最高の二倍で落としたことがありますが、まあそれぐらいのものですね」

「そのインパクトがものすごく強かった。美術品は第三の利殖に変身したといわれるが、日本の企業は強い円にまかせて芸術までも買いあさる。そんな印象を世界に与えてしまったのではないでしょうか」

村田がつづけた。

「この国にはいまだ、衆人環視のなかで高額な美術品を売買する習慣も経験もない。あるのはただ目立ったことをしたがらない人々と、人にもさせたがらない〝事なかれ主義〟ばかりだ。だからうちにオーバープレゼンス（目立ち過ぎ）の成り金という罵声が浴びせかけられ、美術品の国際価格を二倍にも三倍にも吊り上げたという批判が向けられてくる。それをいいことに、大蔵省は絵の買い方にまでいちいち口を出してくる」

渡辺がしきりにぼやく。

「ほんのわずかながら理解を示してくれる意見もあります。ドル減らしの一環としてほめられていいはずなのに、目立ち過ぎてはいけないとは一体どういうことか。名画の購入などは経営者のひとつの見識で、ほかから干渉すべき筋合いのものではないはずだ。なんでお役人が文句をつけなくてはならないのか。

大蔵省にお灸を据えてもらいたいものは、別に山ほどある。その最たるものは地価をつり上げる地上げ屋と、それに資金を提供する銀行だ。その上には大手不動産会社が君臨しているらしいが、これこそ大いに注意し、処罰できる法律を急いでつくってほしい。『ひまわり』の落札などは、政府の無能をカムフラージュするスケープゴートにすぎない、という意見です」

笠井がいった。

「作家の三浦朱門さんは、文化庁長官に就任して間もないころ、企業が海外の美術品を購入する際には、その費用を損金扱いにすべきだと述べておられる。まったく卓見だ」

「業界の内部にも評価してくれる人はいるもので、渡辺社長はこの六月に日本輸出入業協会の会長に就任されます。業界一位の東都商事ではなく、うちから出るのははじめてのことです。

笹森社長以来の宿願がはたされたのも、『ひまわり効果』のひとつではないでしょうか」

村田がわきから報告した。

「過去にこうした美術品購入バッシングの例はないのですか」

矢代が訊く。それに永澤が答えた。

「少し調べてみたんだが、川崎造船の松方幸次郎はステッキ買いで知られるとおり、ずいぶん派手な買い方をしている。つまりギャラリーの絵をだね、ステッキでこう、ここからそこまでとやったわけだ。

一説によるとわずか数年で一七〇〇点の絵画、九〇点の彫刻、二〇点の家具調度品などを、二〇〇〇億円近い金額でコレクションしたといわれている。これがもとで川崎造船は経営危機に陥っているから、当然バッシングも強かったと想像される。しかし収集の規模があまりに大きかったので、批判する側も実はよく全貌が掴めなかったらしい」

「大原美術館のケースはどうですか」

「倉敷紡績の大原孫三郎、総一郎父子の場合には、ヨーロッパの作品でも日本の画商を通して買っている。時間をかけ一点ずつ吟味して購入しているから、批判の出ようがない。それから近いところでは、山梨県立美術館がミレーの『種まく人』を購入したときには、賛否両論が澎《ほう》湃《はい》としてわき起こったね。いまでは文句をいう人もなく、県民の財産としてすっかり定着したけど」

議論は結論のみえないまま、延々とつづいていく。そしてそれを引きとるように渡辺がいった。

「兵藤銀行局長は大蔵省の権威をちらつかせながら、『名画の購入を慎め』とおっしゃった。だから『あんな高額な落札はもうやりません』と返事をしておいた。つまり高額でない作品は、これからもどんどん購入していくということだ。でなければせっかく買った『ひまわり』だって、生きてはこないだろう。それをお役人がとめるというのなら、とめてもらおうじゃないか。

こんな内部のことにいちいち干渉しているから、護送船団方式などと陰口を叩かれて、もっと大切な通商のグローバル化がおろそかになるのだ。いまは世界のトップランナーとして上手くいっているようだが、いったん情勢が変われば日本経済もどうなるか判ったもんじゃない。船団全体が沈没する事態だって、まったくないとはいえない。

そうなったらこの国は一体どうなるのだ。いずれにしてもわれわれは、ここでマスコミや大蔵省の横暴に屈するわけにはいかないということだ」

為替レート

記念すべきオークションの日、一ポンドは二三六円一五銭であった。矢代が決断した日本円での購入資金が、二二五〇万ポンドの落札価格となるためには、まさに一ポンド二三六円でなければならなかったのである。オークションの時点で為替レートが二五〇円であれば、「ひまわり」はまず間違いなく人手に渡っていただろう。二四五円でも獲得はおぼつかない。それでは二四〇円だったとしたら……。

矢代にはその結果がどちらに転ぶかを、正確に言い当てられる人などいるとは思えなかった。あれやこれやを考え合わせると、二三六円はまさに神様が決めた運命のレートだったのだ。帰国した後も、彼の脳裡にはいつまでもこの数字がくっきりと刻みつけられていた。矢代は海外出張の整理が一段落すると経理部を訪ねる。坂本部長に絵画代金の支払いを要請するためである。

「ロンドンで『ひまわり』を落札してきました。購入金額はネットで二二五〇万ポンドなんですが、こちらで送金の実務をお願いしたい」

「やりましたね、矢代さん。その件は部長連絡会でも聞いてますよ。新聞にもでかでかと載っていたので、うちの部でもみんな興味をもって読んでいたところだ。ゴッホの世界的名画をかっさらってくるなんて、矢代さんも大したもんだ。うちの会社の格が数段上がった。オークションってやっぱり緊張します？　しますよね」

経理部長はビールでたるんだ腹を揺すりながら、目を輝かせて迫ってきた。

「額が額なので、そういい加減なこともできない。一度ロンドンの取引銀行へ送金した方がいいですか。それともロスチャイルド本社の口座へ直接振りこんだ方が手っとり早いかな」

「その辺りの判断は、経理部長にお任せします」

坂本はただちに担当の綿貫経理課長を呼んで、作業に入るよう指示した。

「支払いといっても、相手方からの請求書がないと行動は起こせませんね」

部長たちの思いを知ってか知らずか、綿貫の反応はすげない。

「書類はロスチャイルド本社から、近いうち経理部宛に送られてくると思う。二四七五万ポンドで現地通貨建てだ。請求書を受けとって一週間以内に送金しないと、今後の作品受け渡しにも影響が出てくるらしい。国際慣行上そういうやり方になっているので、先方に合わせて欲しいんだ」

「二四七五万ポンドといえば、いまのレートで五〇億円を超える金額じゃないですか。上の人たちは了解しているんですか、そんな話」

「矢代部長のほかに、吉岡常務と村田部長からも依頼の連絡がきている。とにかくこの件ではポンド相場がからむので、どの時点で送金するかがポイントになる。書類が届いてから計画を練っていたのでは遅いので、予め資金の準備をしておいて下さいということだ」

「絵とおっしゃいましたね。どんな絵で、受け取り検査はどこでやるんですか。経理部の部屋はみんな伝票で一杯ですよ。それに……私は絵なんか判りません。スケールでサイズを測るくらいはできますが」

「うちには立派な美術館があるんだから、そこのスタッフと協力し合ってやっていけばいいじゃないか」

「そうそう、このまえ久永さんと廊下で話したんですが、部長は学芸員の久永洋次、ご存じですよね。彼もヨーロッパの名画が一点だけぽつんとあってもなあ、みたいなことといってましたよ。作品は縦横につながっていないと使えないって」

坂本は「これは危ないな」と思った。早速新聞を持ってきて詳しい説明からやり直す。その間にもポンドは乱高下しながら、少しずつ円高へと振れていった。ロスチャイルド本社から、絵画購入代金支払い請求書が届いた四月十三日には、ついに一ポンド二一〇円にまで到達する。

坂本は綿貫課長にいった。

「ロスチャイルド本社への支払いは、資金の流れ次第だからとやかくはいわないが、あまりぐずぐずしない方がいいんじゃないか」

「まだいいですよ。日英間のファンダメンタルズ（基礎的指標）にはかなりの格差があるので、もう少し為替相場の様子をみましょう。金利は安定しているので、ポンド買いを急がなければならない要因は何もありません。三月末に二三六円だったということですよね。今日は二一〇円です。だから、えーと、日本円で五一億九七五〇万円かな。六億四四〇〇万円近い為替差益です。なにしろ元が大きいから差益もでかい」

「喜んでいる場合ではない。われわれは資産運用を任されている投融資部のトレーダーではないのだから、約束通り支払ってやるのを第一に考えるべきだ。よそ見をしないでしっかり頼むよ」

　翌日坂本は、一ポンド二二九円を確認した上でふたたび督促する。

「いまのレートだと確かに購入金額よりは安いですよ。でもロスチャイルドがせっかく一週間の支払い猶予期間を認めてくれているのだから、もう少し模様をながめてみませんか」

　綿貫は頑なな態度を変えなかった。

「絵の購入代金は安いに越したことはない。しかしその圧縮は、経理部が責任を持って当たるべき問題ではない」

坂本は苛立ちながらいった。翌四月十五日、坂本は経済新聞をみてわが目を見張った。円がポンドに対して二五〇円に急落していたのである。

「だからいわんこっちゃない。いま送金すると六一億八七五〇万円だ。落札金額にくらべて三億四六五〇万円も上積みして支払わなければならない。その財源は一体どこから持ってくるつもりだ」

坂本は思わず声を荒げた。

「円高基調なんだから、ちょっと長い目でみれば支障はありませんよ。支払いを実行しない限り問題は発生しないわけだし。ロンドンへの送金は先延ばしさせてもらえませんか。昔から『トレンドは味方（時流を大きくつかめ）』っていうじゃないですか」

「それをいうなら、無闇に『トップとボトムを狙うな（あんまり無理をするな）』だろう。ロスチャイルド本社との、ややこしい交渉は誰がやるんだ」

綿貫は黙ってしまった。坂本の電話連絡に、矢代は
「実際の被害額よりも、この六一億円という響きが独り歩きするほうがずっと怖い」

といった。笠井広報室長も、最終価格が上昇することによって、マスコミの落札バッシングを一層燃え上がらせかねないと懸念する。村田総務部長は「取締役会が何というか判らない」

と心配し、一〇〇周年記念事業全体への影響を警戒しはじめた。

そして坂本自身は、吉岡常務に厚く信頼されている管理業務で、外国為替という思いもよらぬ落とし穴にはまることが我慢ならなかった。みんなはそれぞれの言い方で、なぜオークションの決済は開催地の通貨建てになっているのか。巨大な債権国でありながら、円建て決済を構築してこなかったツケがまわったと憤懣を口にする。美術関係者たちが自前のオークション開催にこだわるのも、無理はなかった。

四月十六日は二四〇円で終わる。四月十七日は若干上がって二三八円。そして土曜、日曜をはさんで四月二十日となる。泣いても笑っても、ロスチャイルドへ「ひまわり」の代金を送らねばならない日であった。ぐずぐずしていると、作品の発送を差し止められてしまうかもしれない。まったく人質をとられているような、きわめて弱い立場であった。

ポンド相場は朝方から不安定な動きをみせる。午後になるとようやく二三〇円の近辺に落ち着いた。綿貫はその一瞬をとらえ、全額を東京からロンドンへ電信送金した。その結果、二四七五万ポンドの購入代金は五六億九二五〇万円にフィックスされたのである。

「いやあ、どうにか滑りこんだな。一時はどうなるかとおもったよ」

坂本は久方ぶりに腹を揺すり、相好《そうごう》を崩していった。彼にとっては、どんな危機も去ってしまえば雑談のタネに過ぎない。

「会社の金で絵なんか買うんだったら、サッカーチームをつくってワールドカップを目指した方がいいですよ。その方がずっと宣伝になる。部長もこのまえのマラドーナの活躍をご覧になったでしょう。上の人にそういっておいて下さいよ」

綿貫は持ち前のクールな表情で、そういった。

五六億九二五〇万円は、落札時より一億五〇〇〇万円ほど安く上がった勘定になる。二一〇〇万ポンドから超過した分の半ばは、これでとりもどしたことになる。誰に褒められるわけでもなかったが、矢代は内心ほっとした。オークションプロジェクトの中心メンバーとして、これでどうやら責任ははたせたなと思った。

送金作業は順調にすすみ、支払い額にもこれといって問題はなかった。ワールド物産とロスチャイルドの結びつきは、いよいよ強固なものとなっていく。

矢代は代金支払い完了の報告に、社長室へ向かった。

「おかげさまで先ほど『ひまわり』の支払い業務を終えました」

「ご苦労さん。これでどうやらふたつ目の山を越えたな。われわれは『ひまわり』の獲得で、早々と美術界から足を洗おうとしているわけではないからね。というよりワールド物産の投げた一石が、いま国際アートマーケットでどんな波紋をひろげているか、ひそかに注目しているところだよ」

「来月日本の企業一〇社が、オークションツアーと銘打って、ニューヨーク視察に出かけるらしいです。そのままブラッドフォードの競売に参加するため、各社とも数億円の手持ち資金を用意しているとか」

「授業料は安くないぞ。五八億円がマーケットにどう受けとめられ、どう織りこまれたかについてはみんな知りたがっている。ここいらが勝ち組と負け組の分かれ目だから、必死になって探ろうとする気持ちも判らんじゃないな」

渡辺は相変わらずエネルギッシュであった。

「玄人筋ではありませんが、街の画廊ではリトグラフ（石版画）が大変なブームだそうです。ジェトロ（日本貿易振興会）も海外での宣伝に、本腰を入れはじめているようです。うちも次のアート戦略を練らなければいけませんね」

「獲得した名画は、生かして使わなければ何にもならない。そのために、いまどんな手を打つのが一番効果的かという問題だ。君にも何か考えはあるかね」

「やり方はいくつかあると思います。まず第一に『ひまわり』の巡回展をやるのです。全国展開で三〇〇万人は動員できるでしょう。名づけて三〇〇万人、三〇億円プロジェクトです。

それから『ひまわりのデッサン』を含め、引きつづきゴッホをあつめていく方向です。国公立美術館がよくやっているように初期、中期、後期と良品をそろえていくのです。先行投資の形にはなりますけれど、三点もあればゴッホの美術館として世界的に知られていくでしょう。

次は後期印象派の三大巨匠に焦点を合わせていくやり方です。すでにゴッホは確保したわけですから、後はゴーギャンとセザンヌの名品をあつめればいい」

「ターゲットを分散してリスクを減らすポートフォリオ方式だな」

「アルル時代のゴーギャンなら、一点はうちにあってもいいのではないですか。

そして最後は『ひまわり』路線です。いろんな作家が描いたひまわりの絵を、片っ端からあつめていくのです」

「それも面白そうだな」

「ひまわりの絵なら、『炎の人』を演じた俳優の滝川治まで描いているそうですよ」

「ところでゴッホのオファーは、その後もきているのかな」

「ロスチャイルドの菅野東京支社長が『トランクターユの橋』について、詳しく説明したがっています。どうやら六月に東京でプレビューを計画しているようですね。社長にも是非みてもらいたいらしい」

「『ひまわり』で自信を深めたロスチャイルドが、その余勢をかって史上第二位まで独占しようと狙っているのは明らかだ。君はあの『トランクターユの橋』をどう思うかね」

渡辺の言葉には相手の鑑賞レベルを確かめようとする、ちょっと意地の悪い響きがこめられていた。

「正直いうと、あまりいい作品とは思いません。ニョーヨークのメトロポリタン美術館に三年間かけられていたという実績は評価できますが、遠近法のお手本のような絵で説明的にすぎる感じがします。冷たい解説に終始しているところが気に入りません」

矢代は素直に答えた。

「私はね、最近レコードプライスを出す絵には、ある宿命みたいなものがあるような気がしてならないんだ」

「リチャードも以前、そんな話をしていましたが」

「よく説明できないのだが、その宿命からすると、『トランクターユの橋』はちょっと外れている気がするなあ」

「とおっしゃいますと」

矢代は思わず身をのり出した。

「曲がりくねった描線と、生命の源である太陽を暗示する強烈な色彩。『ひまわり』に備わったものがあの作品には見当たらない。ひまわりは鑑賞されるためだけの花ではない。農民たちの生活の糧だ。それを一五輪も描いてみせるところには、何か宗教的な意味が隠されてはいないかね。こちらの潜在意識に働きかけてくる、原始共同体への憧れみたいなものが浮かび上がってはこないかね」

渡辺は話しながら、いつしかお天とう様を見上げるようなうっとりとした目つきになってきた。世界の富豪たちのように、ゴッホという深い森のなかにひとり分け入り、とりこまれてしまったのだろうか。矢代は羨ましいような、そして少しばかり不安な気持ちに襲われるのだった。

ニューヒーロー

オーストラリアの実業家コリン・ウッドは、ゴッホの「ひまわり」のアンダービッダーである。ロスチャイルド・ロンドンのオークションでワールド物産と激しく渡り合い、一騎打ちの末、二一〇〇万ポンド（五〇億円）辺りまで持ちこたえた剛の者だ。

いま一歩のところで力つきてしまったことがよほど悔しかったとみえて、彼はオークションから一ヵ月ほどたった一九八七年四月二十七日、ある大手の都市銀行を通じてワールド物産を訪ねてきた。渡辺と矢代をまえに、いきなりこう切り出す。

「あなた方は実についていた。私はシドニーでどうにもならない用事があって、仕方なしにスイスの画商にまかせたが、結果的にはそれが大きな誤算だった。ベテランのくせに最後の土壇場で怖じけづいてしまったんだ。もし私が自分でロンドンのオークションルームに出向いていたら、あんな惨めな結果にはならなかったろう」

ウッドは矢代の方に向き直ってつづけた。

「あなたには絶対に競り勝っていたはずだ。私の事前提示額は二二〇〇万ポンドを超えていたのだ。まったく残念というほかない。あなたの購入価格に一割上乗せするから、ゴッホの『ひまわり』を譲ってくれないか。オーストラリアの税法は、ヨーロッパほど複雑ではない」

矢代は背筋がぞくっとした。オークションは大方の勝負ごとと同じで、結果さえ判ってしまえば、後からはどうとでもいえる。だがそれにしても、ウッドは競りの現場では決して顔を合わせたくない、ひどくアグレッシブな人物にちがいなかった。

「落札したばかりで、われわれだってまだよく観ていないんだ。いきなりそんなことをいわれても困るね」

渡辺はやや気色ばんだ。

「為替の変動が心配なら問題ない。円建てできっちり七〇億円用意する。決して悪い話ではないだろう」

「無茶をいってはいかんよ。君はどうも人の話がよく耳に入らない質《たち》らしい。問題は金額ではない。わが社が創業一〇〇周年のシンボルにしようと思って手に入れたものを、そうそう簡単に人手に渡すわけにはいかんだろう」

「いますぐが無理なら、創業一〇〇周年のセレモニーを終えて、引き渡しは五年先でもいい。それまで待っている」

「何といわれてもダメだ。あの絵がみたかったら、いつでもここへいらっしゃい。その内われわれの美術館で、いくらでもみられるようにしてあげるから。ついでにいっておくと君のウッド・コーポレーションで、いますぐ七〇億円など準備できるわけがない。精々いいとこ二〇億円だろう。それもリゾート開発にひっかけて、ジャパンマネーの還流を狙っているんじゃないか。

総合商社というのはつねに金融機関と連携して動いている。最近ではさまざまな情報を提供する、一種の産業サービス業だという言い方もなされている。だから、その辺りの情報収集能力がないと思われては困るんだよ」

もとより大男に凄まれたからといってへこむような渡辺ではない。彼は身勝手な譲渡の要請をきっぱりと断った。

「まさにそこだ。ウッド・コーポレーションは資金繰りに行き詰まったと思われるのが一番困る。私が名画の取得にこだわるのは、そうしたイメージを勝手にひとり歩きさせないためだ。アンダービッダーを何回かくり返すより、一度レコードプライスを樹立してみせた方がはるかに効果がある」

「お説は結構だが、無理をすると元も子もないぞ」

「なあに、香港の超高層ビル、ウッド・センターを担保に入れれば、どうとでもなる話だ。富は富を呼び、力は力を呼ぶというじゃないか。それが投資というものだ」

「ところで君は、なぜあの絵にそんなに固執するんだ。ロスチャイルド・ロンドンが六月二十九日に、ゴッホの『トランクターユの橋』を競売にかけるという話は、君の耳にも届いているだろう。うちの『ひまわり』が描かれたのは一八八九年の一月下旬だから、そのたった三ヵ月まえにアルルで仕上げられた大作だ。

レコードプライスとはいかないかもしれないが、史上二番目の値がつくのは間違いない。オランダからアメリカへ渡り、メトロポリタン美術館に長期間飾られていた名品中の名品だぞ」

「私にとってアートは、不動産と変わらないくらい錬金術そのものだ。しかし正直いうと、歴史的名画といっても私が心底いいなあと思うものはめったにない。セザンヌもゴーガンもシャガールも、どこがいいのかさっぱり判らない。

だけどゴッホはちがう。タッチが生きているというか、彼の出来のいい作品をみていると鮮やかな原色の向こうから、叫び声が聞こえてくる。いいだろ、きれいだろ、みんな生きているんだよって。そこいらのインテリみたいに気取ってちゃ、聞こえてこない声がする」

「面白いことをいうね。もしセザンヌとアンリ・ルソー、ゴッホ、ピカソが目の前にいたら、君は誰とつき合うかね」

「晩年のピカソを除くとみんな貧乏そうだな。しかしセザンヌの背後には、セザンヌ銀行を中核とした立派なコンツェルンがある。つき合うとしたらまずそこだろう」

「彼は一生食うに困らないすねっ齧《かじ》りの理論派だ。だからこそ、手に負えないほどヘソ曲がりで理屈っぽい」

「それではアンリ・ルソーはどうだ。気のいいおっさんじゃないか。一緒にオーストラリアン・ビールを飲む相手にはぴったりだが」

「だが彼は善良な市民の仮面の向こうで、フリーメイソンと手を組む反宗教論者だ。下手をすると死の呪いをかけられるかもしれない」

「フリーメイソンたちはファンドをもっているのか？　まとまった資金を動かせるのなら、呪いをかけられてやってもいい。ピカソはどうだ」

「一瞬もひとところに留まっていない大天才だ。制作を支援するといっても、彼についていくのは甘くないぞ」

「それではゴッホしか残らないじゃないか」

「その通り。彼は人を差別しない。健康な人も、心を病んでいる人も、清貧の者も君のような大金持ちも、みんな同じ目でながめている。そして誰の魂にも直接語りかけてくる。ウソが絶対に通じないのと、ときどき正気を失うのが玉に瑕《きず》だがね」

「ところが、そのゴッホの作品でも『トランクターユの橋』からは、いまひとつ声が聞こえてこない気がするのだ。『舗装工のいるモニエ街』と同じように、青い街路がひろがっているだけではないか」

「ウッドさんは『舗装工のいるモニエ街』を、ご存じなのですか」

矢代が訊いた。

「あれをあなた方が獲得し損ねたのは、スイスの画商ならみんな知っている話だ。それを鵜呑みにした私にもつい油断が出た。まったくドジな話だ」

「同じ過ちをくり返さないため、われわれは大きな資金を用意して、矢代部長に直接ロンドンへのりこんでもらった」

「うまくやったな。いまではニューヨークでもオーストラリアでも、ワールド物産の名前を知らない者はいない。ミスター・サンフラワー・ワタナベは、中曽根康弘首相より有名だ。私からすると、まったく安い買い物だったよ」

ウッドは羨ましくてたまらないという表情で、そういった。

「オーストラリアからアメリカや日本をみていると実に面白い。北半球だけが勝手に水膨れしはじめたんじゃないかと疑わしくなるほどだ。とくに日本の円高、金余り現象はね。株式でいうと世界の主要な上場株式時価総額は、約一三〇〇兆円といわれている。アメリカのシェアは三〇パーセント、日本のシェアは五〇パーセント、イギリスやドイツは一〇パーセントに満たない。

土地資産ではアメリカの総額が一昨年のデータで約三兆一八〇〇億ドル。為替レート一ドル一三〇円で換算すると四一三兆円となる。一方日本の方はといえば約二〇五〇兆円に達する。巷では日本を売るとアメリカがふたつ買えるなどとささやかれているが、私にいわせれば五つ近く買えてしまう勘定だ。しかもその上昇率が凄まじい。ことし一年で三七〇兆円は高騰するから、このままいけば毎年の値上がり分だけでアメリカを買収できることになる。

日本という国は一度走りはじめると、企業も個人も絶対にとまらない。東の外れにあってチャンスが少ないのを知っているから、誰も彼もがキャピタルゲインの投資行動へと向かっていく。太平洋戦争のときと同じ構図だ。このままではいびつ過ぎて地球が自転できなくなってしまう。

そこでわれわれが、南半球からバランスをとってやろうじゃないかと考えた。膨張した富はペーパーマネーに変身して、結局のところ株式や不動産、アートマーケットに流れこんでくる。間もなく世界のアートマーケットは、ジャパンマネーの本格的な参入によってビッグバンを迎えるだろう。日本がその気になれば、世界の名画はあらかた買えてしまう計算だ」

「それは机上の空論だ。実物経済をまったく無視している」

「美術館ブームで全国にできたミュージアムは、みんな名画を手に入れて、アジアの小ルーブルや小メトロポリタンになればいい。しかも美術品は株や土地とちがって、一度オープンなオークションでつけられた値段は、めったなことでは崩れない。文化的投資行為がそのまま経済的勝利を呼びこむというわけだ。

『ひまわり』はこれから、その動きを象徴する親善大使になるはずだ。私なんかはさしずめ親善大使の露払いをつとめる、カルチュラル・アタッシェ（文化参事官）みたいなもんだ。あははははは」

コリン・ウッドは豪快に笑った。

「私には荒唐無稽に聞こえるが、ウッドさん一流の絵画投資哲学かね」

「私はこれでもアートという影響力の強い商品を通じて、世界経済の一翼を担っているつもりなんだが、いけませんかね」

ゴッホを諦めきれない様子が、渡辺に哀れを感じさせたのだろう。彼はウッド・コーポレーションでつくっている珍しいオーストラリアビールを東京中からとり寄せ、盛大な激励パーティーを開いてやることにした。ウッドの喜びようは大変なもので、終始はしゃぎまわっていた。また「ひまわり」をプレミアムつきでねだられた渡辺も、いつになく上機嫌であった。

コリン・ウッドはイギリスからの移民として、一三歳のときにオーストラリアへ渡っている。

西部の港町パースに居を定め、街の看板描きなどいろいろな職業を転々とした末、不動産業で大成功をおさめた。スワン・ビール会社を買収したのを手はじめに、M&A（企業買収）手法でいろいろな会社の経営権を手中におさめている。一度狙いを定めると〝馬鹿げたほどの金額〟で無理やり傘下にとりこんでいくといわれる。

とくに財閥ハリー・カーターから出版社、テレビ局、ハイテク企業、投資会社などをまとめ買いしたのが大きかった。四〇代で早くもウッド・コーポレーションの総帥となり、オーストラリア有数の実業家にのし上がっている。一九八三年にはオーナーとなっている「ロイヤル・パース・ヨットクラブ」のオーストラリア二世号が、アメリカズカップで優勝している。コリン・ウッドの名を一躍世界にとどろかせた出来ごとである。

このカップは紅茶王トーマス・リプトンなど世界中の名士が欲しがり、何度もアメリカチームに挑戦したが、長い間とることができなかったものだ。ウッドのチームが最終レースでアメリカ艇を打ち破るまで、カップは実に一三二年もの間アメリカに封印され、ニューヨーク・ヨットクラブの台座にしっかりと固定されていたのである。

カップをオーストラリアに持ち帰るとき、彼はわざわざロンドンに立ち寄っている。アメリカを信用しないウッドは、カップを製作元のR&Gギャラード社へ持ちこみ、コピーでないことを確認したのである。カップはオーストラリアまでジャンボジェットのファーストクラスの座席に置かれて運ばれたが、ウッドはこのときのエアーチケット代を支払わなかったという。代わりに負担したのは、彼に脅し上げられたレースの主催者だったとする説がもっぱらである。

当時のオーストラリア首相ホークは優勝を喜び、勝利の日を国民の祝日と定めた。一方レーガン大統領は栄光のヨットマンたちをホワイトハウスに招き、「どうかカップをロイヤル・パース・ヨットクラブの台座に固定しないでほしい。アメリカはすぐにもとりもどすのだから」と、満面に笑みをたたえながらスピーチしている。こうして八〇年代後半、日本のバブル景気がオーストラリアの波打ち際にまでおよんだとき、現地でそれを口を開けて待っていたのは、このでっぷりと太った抜け目のないニューヒーローだったのだ。

少なくともこの年の秋に、ブラックマンデーが発生するまで、彼の事業は順調に展開していった。不動産投資、ゴールドコーストでの大型海洋リゾート開発、そして極めつけはバブルの申し子とあだ名されるIEAグループの代表・高嘴春紀と組んで行なった、ウッド大学の創設である。ゴールドコーストにほど近い第一級のリゾート地に、磯崎紳設計の美しいアーチが並んで姿を現す。

〝歌う不動産王〟と異名をとった歌手の千晶雄が、しばしばゴールドコーストに姿を現したのもこのころである。高額な美術品の購入は、そうした大型の不動産開発事業にのって展開されていった。時期的にみて「ひまわり」へのチャレンジは、彼の全盛期の終わり近くに行われている。そしてその競り合いに敗退すると、後はブレーキを失ったレーシングカーも同然であった。

要塞

リチャード・ブラントンの仕事は、オークションの修羅場をかいくぐって、ワールド物産に勝利をもたらすだけではない。競りの後には、「ひまわり」を無事東京にまで送り届けるという、次の重要な任務が待ち構えていた。オークションの翌日、早速ＤＴＩ（英国通産省）に重要美術品の輸出許可申請をする。

それに対し英国芸術担当閣外相のエドワード・ルースは一九八七年五月二十日、国外持ち出しに六ヵ月の期間延長措置をとると通達してきた。つまり「ひまわり」を、少なくとも十一月二十三日まではイギリス国内に留め置くとしたのである。それに先立ちイギリス各地で、二二五〇万ポンドの購入代金を肩代わりしてくれるコレクター探しがはじまった。

ロンドンのナショナルギャラリーなどは、さしずめ引き受け候補のナンバーワンである。それというのも一九二四年（大正十三年）に、テートギャラリーがもうひとつの「ひまわり」を一三〇四ポンドで入手して以来、ナショナルギャラリーはその作品の収蔵場所になっていたからである。

しかし関係者は「いくら金があってもほしくない」と冷たい態度を表明する。六三年間で一七二五倍にもなった絵画に対し、はっきりとノーを突きつけたのだ。世界的富豪のE・ポール・ゲティ二世も「絵画に二千五百万ポンドもの高値をつけるのは単に国際的な名声を買おうとしているのであり、正気とは思えない。かかわるつもりはない」(朝日新聞、五月二十一日)とコメントする。

E・ポール・ゲティ二世といえば、有名な美術品の国外持ち出しに「待った」をかける奇特な趣味で知られている。父親がロサンゼルスにつくったゲティ・ヴィラが、カノーヴァの彫刻「三美神」を一一五〇万ドルで落札したときには、ヴィクトリア&アルバート美術館、スコットランド国立美術館と組んで、これを阻止している。

一九八八年十二月にはナショナルギャラリー、ウェールズ国立美術館と組んで、アルテミス画廊からニコラ・プサンが一二〇〇万ドルで買い上げられるのを水際で喰いとめている。今回もアジアの小男たちが活躍するジャパンマネーの発動に、横合いから「待った」をかけたとしても、少しも不思議ではなかった。

だが実際に出てきたのは名画の引き受け手ではない。エドワード・ルース大臣への手厳しい批判ばかりである。ロスチャイルドが苦労してみつけてきた、新しいコレクターたちに作品を渡さないのでは、貿易で成り立つイギリスの繁栄はおぼつかないと攻撃する。国内のあちこちで一斉に非難の声が上がった。エドワード・ルースは六週間たてば持ち出しは可能と、事実上前言を撤回する。

こうして思いがけない展開から、輸出許可証の発給は七月七日にフィックスされたのだった。この知らせを受けて矢代は、輸送業者にウォール・ツー・ウォールの搬入業務を依頼した。数日して矢代のもとにふたりのベテラン課長がやってくる。ヤマテ運輸の鈴木孝之と日本航行の丸山利郎である。

差し出された名刺をみて、矢代は不思議に思った。屈強そうな日本男児の名刺に、マイク鈴木、ジョージ丸山と印刷されていたからだ。ふたりは海外で働きやすいよう横文字のニックネームをあたえられていたのだ。鈴木は美術品輸送のベテランで、複雑な形をした彫刻の輸送にかけては右に出る者がいない。一方丸山はミイラの輸送を手掛けてからというもの、みんなからミイラ課長と呼ばれていた。

六月に入るとふたりは輸送計画をまとめるため、人知れずロンドンへ旅立っていった。渡航目的は家族にも明かされなかった。

矢代は七月十七日、ＪＡＬ四二二便でロンドンに向かう。翌朝の八時五〇分にヒースロー空港へ到着し、ホテルにチェックインした後、リチャード・ブラントン、鈴木、丸山それに駐在員事務所の町田と落ち合った。そこから現地輸送業者の案内で、北東部のウォンステッド郊外にあるロスチャイルドの倉庫へと向かう。初夏の瑞々しい草地のところどころに潅木類がこんもりと繁っていて、羊や馬がのんびりと草を食んでいた。

地平線の彼方にまで鰯雲がつづき、まるでヴィクトリア朝の絵画にでも出てきそうな、のどかな田園風景であった。やがて平原の向こうにぽつんと黒い点がみえてくる。点はしばらく車の揺れに合わせて地平線の辺りをゆらゆらとただよっていたが、しだいに風船のように大きく膨れ上がっていった。

「あの石垣に囲まれた黒いものは何ですか」

矢代が訊いた。

「ロスチャイルド専用の美術品倉庫です。一六世紀の建物を改造して窓をなくし、外部からは絶対に侵入できないつくりにしたものです。なにしろ創業者のジェームス・ロスチャイルドがはじめて美術品のセールをやったのは、一七六六年十二月五日ですからね。大変なアイデアマンで、フランス革命の結果流出してきた財宝を、当時出はじめの新聞広告を使って大々的に売りこんだそうですよ」

リチャードが答える。

「ロスチャイルド家の金獅子の旗が立っていて、まるで中世の要塞のようですね」

「堀さえあれば、いまでも要塞として使えるかもしれません」

「なぜこの地を選んだのです」

「この辺りはロスチャイルド家ゆかりの土地です。村人とは何百年もつき合いがつづいている。でもご安心ください。みかけは中世でも、警備はすべてコンピュータで制御されています。なかへ入るにはIDカード式の鍵と、暗証番号式の鍵を二重にクリアしなければならない」

一行が到着すると大きな鉄扉が内側に開いた。重苦しい門をくぐり、暗い内部に目を凝らすと、廊下の両側に作品のクレート（木箱）が山積みにされているのが判る。クレートの腹には、いちいちフラジール（壊れ物）の文字と割れたワイングラスのサインが、墨で表示されていた。

そのわきには、むき出しになった極楽鳥の剥製や、シェークスピア時代の甲冑もある。美術品の倉庫というより、芝居小屋の小道具置き場といった趣である。鈴木が
「われわれの仲間でも、ここへ足を踏み入れた者は数えるほどしかいない。美術館より質のいいものが、ごろごろしているんじゃないですか」

とつぶやいた。丸山は小さな声で
「ここの一角に、贋作美術館《ブラックミュージアム》があるという噂も聞いたなあ」

という。曲がりくねった廊下をいくと、一番奥の部屋にひときわ頑丈そうなクレートが、ひ

とつだけぽんと放り出されていた。リチャードの指示で、現地業者が慎重に開梱をはじめる。しばらくして「ひまわり」が姿を現してくる。矢代と町田は早速資料をとり出し、鼻がつきそうなほど画面に顔を寄せた。

「うーん。これが世界中を騒然とさせるゴッホの名画なんですね。こんなに近くでみるのは最初で最後だ」

「ペンライトとルーペをこっちへ渡してくれ」

「ちょっと待って下さい。いますぐ出します」

矢代の声に町田はあわてて鞄のなかを探った。

「不思議なことに、何回みても胸がときめく。感動に慣れるということがない。この慕わしい感じが本物の証拠なんだろうね」

「現物確認はいいですか」

鈴木が訊いた。

「はい、間違いありません」

ふたりは声をそろえる。

「それでは交換書類に署名してください」

「判りました。それにしてもこの額縁はかなり重そうですね」

「このまま運ぶとクレートが揺れたとき、額がかえって作品を傷つけてしまう恐れがあります。ですから絵と額は別々に輸送するつもりです」

鈴木が答えた。このことが後に、絵と額を分けて運ぶヤマテ運輸ならではの〝おとり輸送作戦〟として評判を呼ぶことになろうとは、誰も考えてもみなかった。

「梱包はやり直すのですか」

「海外輸送用にこれから詰め替えます。プレビューのときに世界一周した特別製アルミケースに、絵と浮きを一緒に収めて、アルミケース自体を大きなクレートのなかに宙づり状態にするのです。いまの技術では、これが一番衝撃に耐えるやり方です」

「浮き？」

「そう、事故で作品が海上に放り出されたとき、沈まないようにするためです」

梱包作業が一段落するとみんなは休憩に入った。矢代はこのときとばかり、迷路のようになった倉庫のなかをみてまわる。

「この部屋は何ですか」

「資料室です。ご覧になりますか。われわれの先輩たちが何百年もかけてあつめてきた、古今東西の美術品に関する基礎的リストが眠っている」

矢代は鍵を開けてもらい、リチャードの後について恐る恐る暗い部屋のなかに入っていった。

窓というものがまったくないため、明かりは天井に設置された簡素な蛍光灯だけである。そのわずかな光も、背の高い本棚によって所々さえぎられている。矢代は黒光りする書籍類のなかに、ファン・ゴッホの『デッサン目録』という三巻本をみつけた。

ためしに一八八〇年代後半の項目を引いてみると「荒れ野」「砂丘」「静物」といった無愛想なタイトルが、何ページにも渡ってつづいている。それらを流し読みしていくと、突然「ひまわりのデッサン(散歩する男女)」(一八八七年ごろ)という一行が目に飛びこんできた。矢代は思わず息を呑んだ。渡辺紘平の父・渡辺恭平が、日記に書きつけていた記述の通りである。これこそ渡辺が長年探しもとめてきた幻のデッサンではないだろうか。

あわててその行をもう一度丹念に読み返してみる。するとタイトルのわきに、「レオン・トロツキーよりK・ワタナベへ　一九三九」とただし書きされているではないか。もはや疑う余地はない。渡辺紘平が「わけの判らない作家たち」と表現した相手は、シュルレアリスム運動の領袖アンドレ・ブルトンや、世界同時革命論で有名なトロツキーだったのだ。矢代には渡辺恭平がスパイとして拘束された事情が、ほんの僅かながら判りかけてきたような気がした。

矢代は思わず資料室の高い天井を仰ぐ。やっぱり幻のデッサンは実在したのだ。彼がこの倉庫を訪れ、偶然この部屋に入らなければ、あるいは一生めぐり会うことのない一行であったかもしれない。何という運命の悪戯だろう。矢代はリチャードに頼んで、そのページを何枚も写真に撮らせてもらった。作業を終えて美術品倉庫から外へ出ると、すでに日はとっぷりと暮れ、ロスチャイルド家ゆかりの田園地帯はすでに暗くなっていた。

翌十九日も朝早くから作業がはじまる。日の出とともにホテルを出発し、「ひまわり」のクレートをそろりそろりと、エアコン付き美梱車に積みこむ。大きくても重量がないので、作業は比較的スムーズに運んだ。積み終えると美梱車はそのままロンドン市内を素通りし、パディントン駅をかすめてヒースロー空港へと向かう。

美梱車には鈴木と丸山が同乗し、そのほかのスタッフは護衛の伴走車に同乗した。道路の振動を拾わないため、車は比較的ゆっくりと走る。七時三〇分に空港へ到着した。ただちに通関手続きを済ませ、九時五〇分にはJAL六二四便への積みこみを完了する。その間クレートからは片時も目が離せない。ごくたまにではあるが、クレートが航空用の台車から転落したり、フォークリフトの鉄腕がコンテナを串刺しにする事故があるからだ。

飛行機の便名を知っているのは、ロンドン側スタッフと日本のほんの数名だけであった。貨物専用のカーゴ便にしたのは、無論ハイジャックやテロの危険性を避けるためである。係官がやってきて、いよいよ関係者の搭乗である。

「それじゃ部長、成田に着いたらそのままヤマテ運輸の東雲《しののめ》倉庫に向かって下さい。倉庫の四階に、笠井室長が記者会見場を用意してくれているはずです。この半年、ヨーロッパ駐在の商社マンとして誰にもできないスリリングな体験をさせてもらいました。一生の財産です。どうか気をつけて、ご無事で」

町田は殺風景な通関事務所の隅で、矢代の手をぎゅっと握った。

「どうぞよい旅を」

長身のリチャードは矢代を抱きかかえるようにする。その手からは何ともいえない温もりが矢代の背中に伝わってきた。

飛行機は予定通り一〇時ちょうどに離陸する。ぐんぐん小さくなる滑走路を眼下に、矢代は思わずほっと一息ついた。ＪＡＬ六二四便にはクーリエ（作品同伴者）として矢代と鈴木、丸山が搭乗している。飛行機はどんどん高度を上げ、一路アラスカのアンカレッジへと向かった。

似非アーティスト

成田空港の通関事務所は、旅客ターミナルからかなり離れたところにある。だだっぴろい野原が高い金網で幾重にも遮断されている。そのなかに四角い無愛想なビルが、いくつも建っていた。永澤とジャネットは、そうした倉庫とも事務所ともつかない巨大なビルのわきに停められた車のなかで、ぼんやりと時間をつぶしていた。

「ジャネットさんは、いつもこういう出迎え作業をやってるの」

「ロンドンでも東京でも、億を超える高額作品の通関にはたいてい立ち会います」

「ふーん、大変だね」

だが後の言葉がつづかない。

「私はここにいますから、散歩でもしていらしたらどうですか」

「こんな殺風景なとこじゃ、みる場所もないしね」

永澤はつまらなさそうにいった。しばらくして嫌な沈黙をふり切るように、ぽつりぽつりと話しはじめる。

「僕はアートなんて縁もゆかりもない生活をしてきた。ジャネットさんとは恐らく対極の人間だろうな。学校を卒業してから東京へ出てきて、その日暮らしの生活をしてたんだけど、結局何をやっても面白くない。しまいには水商売のいざこざでチンピラ相手の殴り合いさ。新宿の花園神社では、一度に三人も相手にしたことがあるよ」

「そんなにお強いのですか」

「友達は僕のことをケンカの鉄人のようにいうけど、別に人並み外れた腕力や度胸があるわけじゃない。ただちょっとした負けない工夫はあったんだ。つまりこう先を尖らせた靴でまわし蹴りをすると、相手に結構なダメージをあたえることができる。やったことのない人には判らないだろうけど、これが面白いくらい決まるんだ。

でもそうやって武勇伝をつくる度に、オジキに呼び出されてね。いつもこっぴどく説教される。あんまり腹が立ったから、あるときいってやったんだ」

「なんて?」

「そんなに偉そうにいうんなら、オジキの会社で僕を雇ってくれって。武力闘争に強い社員がひとりくらいいたって構わないだろう。まさか本当に入れてくれるとは思わなかったけどね」

「ワールド物産の中途採用人事は徹底していますからね」

「その有り難い採用方針とやらで、気がついたらこの僕がすっかりサラリーマンさ。商社って商売をするとこだから、単純にたくさん売り上げたやつが勝ちかと思ったら、そうでもないな。全然稼いでこないのに威張りくさっている連中が、わんさといるんだ。オジキは懸命になって排除しようとしているらしいが、相変わらず学閥や天下りといった権威主義がはびこっている。

少し年配の人に訊くと、かつては一流大出だけ学士会館にあつめられ、別の入社式をやっていたっていうからね。僕は頭の悪い根っからの叩き上げだから、ここではいつも蚊帳の外さ。

美術品でも、あらたまって一点五八億円ですなんていわれたって、なかなかピンときやしない。ついどうしてそんなに高いんですかって、訊き返したくなってしまう」

「そうした人にこそ『ひまわり』を観てもらいたいですね。素朴な疑問に答えるために素晴らしい美術品をどんどん購入していただきたい。日本人も世界の文化遺産に触れて、もっと感性を磨かなくてはいけません」

「E・ポール・ゲチィ二世は『ひまわり』の価格を、正気の沙汰ではないといったそうだね」

「そんな話も伝わっていますけど」

「彼のような百戦錬磨のコレクターからみると、二四七五万ポンド（五八億円）というのは倍々ゲームで加速度的に膨れ上がった、目茶苦茶な値段にみえるんじゃないかな。もしそうだとすると、これは国際アートマーケットにとって見逃すべきでない、ひとつの重要なシグナルだと思うんだ」

「行き過ぎというご指摘ですか」

「うん、もう限界がみえてきたというか……」

「オークションも正当な経済行為のひとつです。もし行き過ぎがあれば、それは必ず落札価格の下落という形で市場にはね返ってきます。そうして行きつもどりつしながら、適性水準に落ち着くはずです」

「そうだといいんだけど、フィードバック回路の崩壊という最悪のシナリオに、いつスイッチが入らないとも限らない」

「そんな。ジャパンマネーはまだ国際市場にデビューしたばかりですよ」

「それにもうひとつ。一般の人々のアートをながめる気持ちへの影響も大きい。この価格を聞いて僕みたいに、美術へ関心が持てなくなる人間が増えたら元も子もない。僕のような人間が、高額な美術品購入の窓口をやるっているのは、まったく運命の悪戯としかいいようがないな」

永澤は目を閉じて考えこんだ。

「でもね、これで競りには結構慣れていたんだ。田舎《くに》の港で、毎朝魚介類の競りをやっているのをみて育ったからね。いまだって富山へ帰れば、幼友達が大勢やっている。だからオークションなんて規模はでかいけれど、大したことないだろうと高をくくっていたんだ。ところが実際にやってみるとゾッとするほど恐ろしい。アートコンサルタントの大西亜喜良は、口じゃあ立派なことをいっていたけど、結局ロンドンから尻尾を巻いて逃げ帰ってきたからね」

「その気持ちは本当によく判ります。私だって最初のころは、めそめそと泣いてばかりでしたもの」

「どうしてオークション会社に入ったの」

「母は生粋のロンドンっ子ですが、父はチャタムからやってきた絵描きです。だからいつもチャタムの雄大な自然にもどりたいと、口癖のようにいっていました。父は毎年ロイヤルアカデミーの展覧会が近づくと、椅子に女の人を座らせて一心不乱に描いていました。ヴィクトリア朝の妖精（フェアリー）を、現代風にアレンジして新味を出そうとしたんだと思います。

父にいわせるとチャタムの川辺では、いまでも時々妖精が出るみたいですよ。でもしだいにマンネリに陥ってしまいました。発表した後、義理で買ってくれる親戚の人もいたのですが、大抵はアトリエの隅に積み上げておくだけです。そのため家はいつも貧乏でした。友達はみんなきれいな服を着ているのに、私だけ一着も買ってもらえないのです。

それが習い性になって染みついてしまって、いまでも派手なドレスは苦手です。赤系より紺、紺よりやっぱり黒がいいっていう感じ。だから無意識的に芸術を憎んでいたのでしょうね。素人が口角泡を飛ばして、難しそうな芸術論をやっているのをみると、思わず吐きそうになるんです。だけど、いまでは自分がそれをやってしまっている」

「嫌だなあ、ややこしい芸術論なんて。人を小バカにしたようで」

「大学の日本語学科を出てぶらぶらしているときに、偶然ロンドンのオークションハウスにスカウトされました。後でよく考えてみると、アートをお金で自由に動かし、似非アーティストたちを思いっきり鼻でせせら笑ってやりたかったのかもしれない。そんな気がします。

でも実際競売に参加してみると、ビッダーたちはどこの国でも、それほど教養あふれるスペシャリストではありませんでした。むしろ芸術に関しては純朴な方が多い。それなのに彼らはいつも真剣そのもの。ものの本質を見抜く鋭い眼差しに、私なんか圧倒されっぱなしです。絵の歴史なんてひとつも知らないおじさんが、オークションの場ではいつもと全然ちがう別人になってしまうんですよ」

「オジキにも多分にその気はあるね」

「一声で一〇〇万ポンド（二億三〇〇〇万円）ですよ。ビジネスとして割り切らなければ、到底ついていけません。父にそんな話、とてもできませんよ。父は結局父らしいやり方で、精一杯アートに近づこうとしたんだなあって、いまでは思いますけど」

「やっぱりそうか。ジャネットさんのような人でも、オークションは大変なんだな。お話を伺っていて少し安心した」

「その点ブラッドフォードの磯貝照子さんは全然ちがいますね。なにしろお父様は元駐米大使でいらっしゃるから」

「そんなに偉い人だったの。僕は田舎の港町からポッと出てきて、自分ひとり東京の企業で働いて、すっかり出世したつもりでいたけれど、田舎の友人たちはその間一生懸命魚の顔をみて暮らしていたんだね。ロンドンに行って、つくづくとそのことに気づかされたよ」

「ゴッホにもありますよ。魚だけをみつめて描いた『燻製鰊のある静物』という作品が」

「ところでエドワード・ルース大臣の国外持ち出し禁止の措置は、なぜあっさり撤回されてしまったの」

「みなさんはロスチャイルドとブラッドフォードを似た者同士の兄弟とお考えでしょうが、実は仲のいい兄弟どころではありません。いま世界の覇権をめぐって骨肉の争いをやっている真っ最中です」

「身内のケンカは他人より始末が悪いっていうからね」

「とくにブラッドフォードが一九八三年六月、米スーパーマーケットの大手マイケル・タックマンに買収され、アメリカの企業となってからは、敵愾心むき出しのバトルがつづいています。ですからロスチャイルドの商売を邪魔する措置は、たとえ芸術担当大臣といえども、ブラッドフォードに利する反イギリス的行為とみなされるのです。チャールズ・ハーディング会長がそういう風に持っていったのです」

「デュオポリー（二者寡占）で、世界の市場を仲良く二分しているようにもみえるけど」

「最近のオークションをよくみてください。ロスチャイルド・ロンドンは『ひまわり』のレコードプライスにつづいて、六月二十九日には『トランクターユの橋』で、一二六五万ポンド（二九億六〇〇〇万円）の史上第二位を達成しました。ブラッドフォードを凌ぐためなら、どんな珍奇な作品でも、こってりお色直しをして捌いてしまう。

ビッダーが黒人や有色人種だからダメなんて、気取ってなんかいられません。あっちだって巻き返しに必死でしょう。レコードプライスをめぐって、違法すれすれの商売をやっていると聞いていますよ。ロンドンを離れて東京からながめると、お互い滑稽なくらいライバル意識に縛られているのが、よく判ります」

「そのオークションでは黒田清輝の『木かげ』も、確か四億円ほどで日本の画商に落とされているね」

「黒田の落札価格はエスティメイトの五倍でした。日本に里帰りすると、たちまち一〇倍になるのでしょうけど」

「日本洋画も、掘り出し物はヨーロッパのオークションで仕入れる時代がやってきたのかな」

「みんなが日本を強く意識しています。兄弟ゲンカも、もとはといえばジャパンマネーの奪い合いが原因なのです」

記者会見

午前一〇時半を少しまわったころ、永澤とジャネットの車にヤマテ運輸の社員がやってきた。

「ＪＡＬ六二四便はたったいま、二番滑走路に無事着陸しました」という。ふたりは、思わず「やったあ」と歓声を挙げる。早速本社に第一報を入れた。「ひまわり」のクレートが入国手続きを終えて、空港ビルの貨物置き場に姿を現したのは一二時ごろであった。無論クーリエの三人も一緒である。

クレートを慎重に美梱車へ積み替え、保税倉庫までの道順をこまごまと打ち合わせる。これに意外と時間がかかった。大役を不安がる運転手をなだめるため、トランシーバーが用意される。交通渋滞に巻きこまれたら、これでお互いの位置を確かめながら進もうというのだ。美梱車には鈴木と丸山が同乗し、矢代は護衛の伴走車にまわった。

「長旅、お疲れさま」

永澤とジャネットが声を揃える。

「通関は保税倉庫だから、入国手続きは比較的早く済んだよ」

「それじゃあ保税倉庫のチェックが終わるまで、気が抜けないね」

「その昔、松方幸次郎がコレクションを日本へ陸揚げしようとしたとき、政府は東京大震災の復興資金を捻出するという名目で、一〇割の関税をかけようとしたそうだ。怒った松方は、港に着いたばかりの作品を、そのままパリとロンドンへ送り返してしまう。われわれの『ひまわり』が、そうした目に遭わないことを切に祈るよ」

「これから東雲に向かいます。今日は割りと順調に流れているみたいですが、それでも月島に入るまではちょっとかかると思います」

運転手がみんなに告げる。一行は一二時半ごろ、保税倉庫を目指してゆっくりと走りはじめた。永澤は車の振動で肩を揺らしながら、記者会見の段取りを記したペーパーを矢代に渡す。

「記者会見には誰が出るの」

「われわれと笠井広報室長のほか、会社からは渡辺社長の名代として吉岡常務がやってくる。美術館からは久永さんが立ち合い、ロスチャイルドからは菅野支社長とこちらのジャネットさんがご参加いただけることになっている」

「質疑応答は大丈夫だろうね。サティフイケイトがないなんていうと、カンの鋭い記者たちの餌食だ。一発で計画全体が飛んじゃうよ」

「これは危ないなと思ったら、矢代さんの方ですかさず補足してほしい。助け舟を出してくれよ」

　矢代は黙ってうなずいた。

「旅客機とちがって、カーゴ便には可愛らしいスチュワーデスがいないだろう。サービスがなくて何か物足りなかったよ。そのかわりね、資料整理の時間はたっぷりとれた」

「そういうと思って用意してきたんだ。まあ、これでも飲んでゆっくりしてくれ」

　永澤がすかさず缶コーヒーを手渡す。みんな一斉に微笑んだ。

「名画とのご旅行はいかがでしたか」

　ジャネットが訊く。

「ゴッホのとなりで丸二日間も揺られていると、渡辺社長やコリン・ウッドのいったことが、少し判ってきたような気がする」

　矢代は急にまじめな顔になって答えた。

「というと？」

「うん。クレートに耳を当てるとね、ほんの微かだけどゴッホの声が聞こえてくるんだ」

「またまた、矢代部長までそんな神憑《がか》りみたいなことをいって。狭苦しいから早く出してくれって、うめいていた？」

永澤は茶化すようにいった。

「君たちも後で試してみるといい。それはともかくとして、今回の出張では予定外のビッグな収穫があった。ロスチャイルドの美術品倉庫で、偶然『ひまわりのデッサン』の記録をみつけたんだ」

「へえー、あそこは内部の人間だってめったに立ち入れない聖域《サンクチュアリー》ですよ。やっぱり幻のデッサンは実在していたのですね」

ジャネットは目を輝かせながら叫んだ。

「渡辺社長はさぞお喜びでしょう」

「もうオジキには連絡した？」

「ロンドン駐在員事務所から至急ファックスを入れるようにいっておいたから、いまごろはもう社長の耳に届いているはずだ」

「後はブツをみつけるだけか」

永澤が低い声でつぶやくようにいった。

「そうだ。現物探しはそう簡単ではないだろうが、それでもかつて実在したと判って探すのはずいぶんと楽なはずだ。一九四一年にマルセイユにあったことは確かなんだし。

ロンドンではいま世界中のバイヤーたちが活発に動いている。『ひまわり』以降のマーケットを懸命に模索しているという感じだったな」

「ブラッドフォード・ニョーヨークでは、五月十一日のオークションに大勢の日本人バイヤーが押しかけたそうです。参加するだけでなく、実際にクリムトやルオーを記録的な高値で競り落としています」

「『ひまわり』以後、はじめての本格的なオークションで、『トランクターユの橋』は二九億六〇〇〇万円の値をつけたのだったね。たった一例でいって申し訳ないが、明らかに美術品の価格高騰ははじまっている。もし『ひまわり』がなかったら、どんなプライスだったろう」

矢代はジャネットの方を向いていった。

「そうですね。一〇億円台の後半か、よくいって二〇億円どまりでしょう」

「その差額の九億六〇〇〇万円、パーセンテージでいうと四八パーセントが『ひまわり』の効果、つまりこの取引に関するマーケットの上乗せ分というわけだ」

「考えてみると、ひとつの落札価格がそれ以後の取引全体を四八パーセントも押し上げてしまうなどという現象は、土地、株式、為替相場、消費者物価など、どれをとってもあり得ないね」

永澤がうなった。

「マルクスは、厳密な意味での芸術的所産は、その特殊性ゆえに資本論の研究対象から外し、考慮に入れないといっています。骨董、一部の画家の傑作などは、それ自体には値段がなく、労働による量産の不可能な物品は、きわめて偶発的な条件の組み合わせによって価格が決定される場合があると考えていたのです。彼にとって美術品は、論理的思考をかき乱す厄介物だったのですね。

ですからその邪魔な部分を、アダム・スミスの『国富論』から借りてき、あっさりと済まそうとしたのかもしれません。そしてアダム・スミスよりリカードは、もっと明確にいっています。絵画、彫刻、稀覯書、メダル、ワインなどの類いは、きわめて限られた数量しか存在しないために、それを所有したいと望む人々の気まぐれと好みと財力で価格が決定されると」

ジャネットがいった。

「うーん。気まぐれと好みと財力か。でもいまでは、それがどう動くかが大問題だ。つまりいつ、どんな作品が『ひまわり』を超えて、次の世界標準（レコードプライス）を設定するかだ。それが正確に予測できればアートビジネスの世界で負けはない」

「画家の名前と絵具のうつくしさだけで、好き嫌いを判断していてはダメか。僕の選別の流儀はもう時代遅れなのかなあ」

永澤がいった。

「仕手筋のマーケットメークはともかくとして、アーティストの生き方、技量、信条、品格など、人間全体を総合して見極めていく必要はある。人としての普遍性がなければ、所詮国境は超えられないだろう」

矢代が答える。

「矢代さんはレコードプライスを打ち立てる、歴史上のトップアーティストとして、どんな作家を想定している？」

「ゴッホ、ルノワール、モネ、セザンヌ、それにピカソ辺りだろう」

「レコードプライスというのは特別のものです。ミュージアムピース（美術館向き作品）の第一級品が出てくれば、シャガールやカンディンスキーだって候補に入りますが、一般的にはゴッホとピカソでしょうね。それも当分の間ゴッホの独走状態がつづくと思われます。一九八〇年に私どものオークションで、『詩人の庭、アルルの公園』が二二二万ポンド（五二〇万ドル）を出したのが大きかった。一九八五年、『アリスカンの並木道』がそれにつづきます」

ジャネットがいった。

「私はカーゴ便に揺られているときに、ゴッホのカタログ・レゾネで全作品を見返してみたんだ。そうしたら市場に出てくる可能性のある作品、つまりプライベート・コレクション（個人蔵）が意外とたくさんあることに気づいた」

「ロスチャイルドでもデータをとっていますよ。行方不明を除いて全部で三五点ほどになるでしょうか」

ジャネットが補足した。

「そう。その一点一点をテーマ、制作年代、制作地、サイズで分けて、私なりにエスティメイトを弾き出してみた。矢代版ゴッホ作品入札リストだ。集計してみて驚いたね。市場に出てくれば、確実に『ひまわり』を超えると思われる油絵が、世界にはまだ七点以上もあるんだ。ぎりぎりの線上にあるものを含めると、十数点にはなるだろう」

「私どもロスチャイルドの見込みは、もう少しシビアですけどね」

「具体的にはどんな作品？」

永澤が訊いた。

「私の個人的見解で恐縮だが、高い方からいうとチューリヒにある『糸杉のある麦畑』。大きさは『ひまわり』よりひとまわり小さいが、テーマ、描き振りともに申し分ない。糸杉はめらめらと燃え上がる炎のようだし、渦巻く雲は不安に満ちた作家の胸のうちを精一杯明かしてくれている。市場に出てくれば一〇〇億円（四三〇〇万ポンド）の大台も夢ではないだろう」

「もし仮に矢代部長のおっしゃった、値上がりの上乗せ分が四八パーセントだったとしたら、『糸杉のある麦畑』は、この二月までは六七億五〇〇〇万円であったはずです。オーナーはここ数ヵ月の急激な価格変動によって、いきなり三二億五〇〇〇万円もの財産を増やしたことになります」

ジャネットがいう。

「それなら七点が顔をそろえてマーケットに登場してくる日も、そう遠くはないね。何しろ急がないと、いつ値下がりマインドが働いて、折角の上乗せ分が逃げていくか知れたもんじゃない」

永澤がいう。

「記録的な高値が出た後では、マーケットへの作品還流率が減るぐらいでないと価格は維持できません。高値につられて作品が出まわるようだと、それはもう明らかな下落現象のはじまりなのです」

「そういう下落の兆候はありますか」

「美術品を追っている限り、そんな兆しはありません。われわれがいま一番懸念しているのは作品の動きではなくて、むしろ株式市況。それも不気味な動きをつづけているニューヨーク株価の動きです」

ジャネットの表情がにわかに険しくなった。

「『糸杉のある麦畑』の次は何?」

永澤が訊いた。

「パリの『アルルのラングロワ橋』がこれにつづく。アルルのはね橋の上に一台の馬車が通りかかった情景で、九二億円（四〇〇〇万ポンド）は絶対に下らないだろう。優劣つけ難いのが一八八九年に描かれた、『囲まれた麦畑と日の出』とニューヨークの『アイリス』だ。ともにゴッホの真骨頂である黒い線のパンチ力が利いていて、どうみても七〇～七五億円（三〇〇〇～三二〇〇万ポンド）の顔をしている。とくに『アイリス』は赤、緑、青の響き合いが素晴らしい。

『医師ガシェの肖像』も、出てくればレコードプライス達成は間違いないのだが、どれくらいになるかちょっと予測のつかないところがある。あの精神科医の神経質な渋面を、コレクターがどう判断するかだ。最終的には六〇～七〇億円（二六〇〇～三〇〇〇万ポンド）の線に落ち着くとは思うが……。専門家としてはいかがですか」

「さすがはやり手部長さんですね。うちの会社にスカウトしたいくらい。やっぱりオークションに触れると人は変わるのかしら」

「率直な感想をお聞かせ願いたい」

「矢代部長のおっしゃったエスティメイトに、私も異論はありません。でもそれはあくまで一般論で、実際にはもう少し別の要素が入ってきます」

ジャネットが答えた。

「『石切り場の入口』、もうひとつの『糸杉のある麦畑』、『アルルの公園』『アドリーヌ・ラヴーの肖像』『洗濯女のいるルビーヌ・ド・ロワ運河』『フランスの小説とグラスの薔薇のある静物』『古いイチイの木』といったいまひとつの作品も、何かの拍子で突然レコードプライスにまで上がってこないとは限らない」

「そうだ。現に『アドリーヌ・ラヴーの肖像』は、レコードプライスか史上第二位を目指して、いまさかんに仕掛けてきている。でもここから先の駆け引きが難しいのだろう」

矢代の言葉はいよいよ熱を帯びてきた。

「というと、何か未知の要素でも入ってくるのか」

永澤が訊いた。

「美術品が通常の商品とちがうことは、さっき申し上げましたけど、どうちがっているのかを知っている人はあまりいません。だから七作品のなかで、どれが本当にレコードを更新するかは言い当てられないのです。オークショニアでさえ自分が担当する競りの顛末を予測するのは、ほとんど不可能に近い」

そのとき運転手が「銀座通りから晴海方面へ向かいます」と告げた。車窓から外をみると、いつの間に到着したのだろう、三愛や服部時計店の見慣れた風景が目に飛びこんでくる。美椢車の銀色に輝く大きな胴体が、伴走車の視界をふさいで、ゆっくりと左に曲がりはじめた。

東雲の保税倉庫に着くと、笠井をはじめ広報室のメンバーたちが忙しそうに走りまわっている。地下から四階の記者会見場に長テーブルを運び、白布を被せてマイクを並べる。そのわきには仮設の展示台がしつらえられた。吉岡常務と久永学芸員、菅野支社長が相ついで車で到着し、ヤマテ運輸の取締役たちとあわただしく名刺交換をしている。

リハーサルのため「ひまわり」のクレートが大型エレベーターで運ばれてきて、展示台のまえで慎重に開梱された。中身の無事を確かめ、まずはホッとする。別送の額縁に合体させると、ふたたび軽く梱包して、となりの控え室に置かれた。会見場の出入口はすべて、運輸会社が手配した制服の警備員で固められている。

定刻の午後四時になると、会見場は腕章をした記者たちで一杯になった。在京の新聞社、通信社、テレビ・ラジオ局、雑誌社はあらかたやってきた感じである。なかには美術ネタだけを追いかけるフリーのライターも何名か混じっていた。手はず通りにクレートが開けられ、「ひまわり」が白手袋のクーリエたちによってケースから引き起こされると、会場からは一斉に「ほーう」という感嘆ともため息ともつかない声が湧き起こった。

作品はそのまま展示台にのせられる。カメラマンたちが絵のまえに殺到し、われ先にフラッシュを焚いた。撮影が一段落すると、記者たちとの質疑応答がはじまる。最初の質問は「なぜこの絵を購入することにしたのですか」であった。吉岡常務は、創業一〇〇周年の経緯から説

明しはじめた。次は「いつから一般公開するのですか」である。笠井室長は一段と声を張り上げ

「展示のための改修工事が終わりしだい、今年の秋から六本木本社ビルのワールド物産須賀平三郎美術館で特別展を行います」

と告げる。「完全な保存はできますか」と聞かれたとき、笠井は久永の方を振り返った。彼はちょっとひと呼吸置いた後

「温湿度を一定に保つ最新の設備をそなえた、私どもの美術館で保管します。すでにわれわれは定期的な状態チェックをやっていて、カビや亀裂などの異常がみつかれば、ただちに修復家に手当を依頼する体制になっています」

と答える。心配したような意地の悪い質問もなく、記者会見は和やかに進行していった。

会見が終わった後、笠井は吉岡常務に

「この様子だと今日の宣伝効果を広報費に換算すれば、軽く億を超えますね」

とささやいた。吉岡は

「そりゃそうだろう、『ひまわり』は天下の名品だもの」

と微笑んでみせた。「ひまわり」は丁寧にクレートにもどされ、その日のうちに六本木に移送される。一〇階の総務部の大金庫室のなかに特設された展示台にかけられ、はじめて会社の幹

部たちにお披露目された。秋の一般公開の日までは、とりあえずここが「ひまわり」の仮の棲処である。待機していた渡辺は、一目みるなり

「この感激は、とても言葉でいいあらわせるものじゃあない」

と目をうるませた。

翌日の朝刊には、大方の予想どおり「これが53億円ですか……」の派手な見出しコピーが並んでいた。

「名画『ひまわり』東京着／五十三億円という高額で落札したビンセント・ファン・ゴッホの代表作『ひまわり』が二十日、航空便で成田空港に無事到着、同日夕、厳重な警戒の中を東京都江東区の運送会社でこん包を解かれ、報道陣に公開された」（朝日新聞、七月二十一日）

黄色い狂気

「ひまわり」がはじめて日本の観客のまえに姿を現したのは、一九八七年十月であった。ワールド物産須賀平三郎美術館では、この名画を常設展示するため、ギャラリーの一画に一億五〇〇〇万円かけて特別コーナーをつくっている。分厚い壁にかこまれた一室で、絵の前面には厚さ三センチの防弾ガラスが天井まで張りめぐらされ、出入口には常時警備員が立った。

この物々しさが、いまさらのようにこの絵画の価値を人々に思い起こさせるのだった。展覧会は十月十三日から十二月二十七日まで、新しいコーナーの落成祝いを兼ねて華々しく開催された。展覧会のスタートに先立ち、十月十二日の午後にはオープニグセレモニーと、内覧会が行われている。

ゴッホに対する一般市民の熱い思いを反映してか、セレモニーには美術館側の予想をはるかに超える大勢の招待客がつめかけた。自ら応援をかって出た綿貫経理課長は、久永学芸員からテープカットに使うハサミと白手袋を入れた黒塗りのお盆を渡され、エントランスを右往左往していた。矢代と菅野やジャネットたちは、ちょっと離れたところからこの喧噪をみるともなしにながめていた。

ギャラリーに向かう招待客のなかには、彼らの知った顔もときどき混ざっていたが、大概はとり立てて話すこともない仕事上の儀礼的なつき合いであった。ジャネットが矢代の耳許で

「いま入ってきたダブル前のスーツの紳士が、イワショー産業の名誉会長で、イワショー・コンツェルンを率いている岩崎正喬《いわさきまさたか》ですよ」

とささやく。矢代はちらりとそちらを見遣った。

なるほど恰幅のいい、ちょっといかつい感じのする初老の男が入口近くに立っている。両手をポケットにつっこんだまま辺りを睥睨《へいげい》している。あれが「北の暴れん坊」と異名をとる、いま評判の剛腕コレクターか。男の周辺には、相手を一瞬ひるませずにはおかない無言の威圧感のようなものがただよっていた。矢代の視線は岩崎にクギづけとなる。

男のすぐ後ろから、日焼けしたニュースキャスターが、大きな声で自民党の総裁選について話しながら入ってきた。このふたりの対照的な人物を追っていくと、目は自然にそのそばに寄り添うように立っている、やや大柄な女性にたどり着いた。ふたりのどちらかと親しい間柄なのだろう。イッソー・ミヤセの目の覚めるような青いプリーツをラフに着こなし、平凡な主婦やOLでないことはひと目でみてとれた。

「ブラッドフォードの磯貝照子です。やっと矢代さんにお会いできてよかったわ。それにジャネット、お久しぶり」

青いプリーツの女は矢代をみつけるなり、大袈裟に身をよじらせていった。

「わざわざお越しいただいて光栄です」

矢代は周囲の視線が一斉に彼女へ注がれるのを感じた。気持ちの動揺を相手に悟られないよう、できるだけ素っ気なくふるまう。角張った活字の並んだ名刺を、これもいたって事務的に差し出した。

「矢代さんがお声をかけられたの？　報道関係者の数が尋常でないわ」

「社内ではこれを『ひまわり現象』とか『ひまわり効果』と呼んでいます。大して呼びかけなくても、自然にあつまってきちゃうんですよ。好意的に書いてくれるといいんですが」

「記事なんていくら悪く書かれても、結局は宣伝になるのよ。ジャネット、『ひまわり』を日本に持ってくるなんてさすがだわ。『舗装工のいるモニエ街』『トランクターユの橋』と立てつづけに水をあけられて焦っちゃう」

磯貝が張りのある大きな声で話すたび、赤いガラス玉のようなイヤリングが肉づきのいい肩先で揺れた。

「前のオークションはいかがでしたか」

ジャネットが控え目に尋ねる。

「五月十一日のイブニングセール？」

「そうです」

「悪くなかったわよ。落札総額が一〇〇億円（六八四二万ドル）の大台を超え、落札率は価格ベースで九六パーセント、ロット数ベースで八八パーセントでしたから。そのうち七五パーセントのロットがエスティメイトを上回りました」

「やっぱりブラッドフォードはちがいますね」

「それから、忘れないうちにこれを矢代さんにお渡ししなきゃ」

磯貝はバッグから、たっぷりと香水を振りかけたブラッドフォードの封筒をとりだした。なかにチケットが数枚入っている。

「十一月十一日のイブニングセールですね。招待状があるとすぐに入札のパドルが渡してもらえるとか」

「うちではそんな野暮なもの使ってません。イブニングセールも最近は人気が出ちゃって、チケットがすぐなくなってしまうんです」

磯貝はちらっとジャネットの方をみながらいった。

「目玉作品はゴッホの『詩人の庭、アルルの公園』と聞きましたが」

「どなたにお聞きになったか知りませんけど、それはガセネタね。本当はゴッホの『アイリス』なの。すごいでしょう。今朝ほどニューヨークのアンディー・ウィルソン社長から正式連絡がありました。真っ先にワールド物産の矢代さんにお知らせするようにって。ニューヨークでも一〇年に一度といわれる出物です。

矢代部長、ゴッホでもう一度ビッグセールにトライしてみる気はありませんか。八〇年代のアートマーケットを一手に担った人物として、歴史に名前が残りますよ」

「私なんか『ひまわり』ひとつで精一杯だ。いまでもプロヴナンスは正しいか、画面に亀裂が入っていないかと、毎日びくびくしている有り様です」

「競り勝つだけがオークションではありませんことよ。結果的には落札していないのに、マーケットへ重大な影響をあたえるビッドだってあるんです」

「オークションは皆でつくっていくものだし、マーケットは摩訶不思議な生き物ですからね。『ひまわり』を獲得してからというもの、やたらと仕事が増えて困っています。美術館からの寄付要請もそのひとつです。

うちでは財団奨励賞と須賀平三郎美術館賞しか出していないのを、皆さんはご存じないようだ。大半は経営戦略本部や総務部へまわりますが、海外からのものはときどき私のところへきてしまう。相手が有名な美術館だったりすると、そう簡単には断れませんしね」

「いわゆる有名税というやつね。今度のオークションは、みているだけで手に汗にぎるドラマですよ。歴史がつくられる一瞬に立ち会えますもの。矢代さんや渡辺社長がいらしていただけるのなら、段取りはすべて私の方で組ませていただきます」

話が途切れると、矢代はすかさず「ちょっと失礼」といった。磯貝照子と菅野やジャネットは、引きつづきオークション業界の話に花を咲かせている。矢代はあらぬ方向をみていたニュースキャスターへも一礼すると、その場を離れ、ある一枚の絵の前へと向かった。そこには最前からひとりの女性が、展覧会カタログを抱えて立っていた。

「やあ麻里亜さん、やっぱりきてくれたんですね。これも『ひまわり効果』のひとつだ」

「こんにちは。オープニングセレモニーに招待してくれたのは矢代部長ですか。こんな注目のパーティーに、招待客として呼ばれるなんて夢みたい」

ふたりはとある解説パネルから、展覧会の順路に沿って歩きはじめる。矢代は、蕃麻里亜が思いのほか嬉しそうにしてくれたのに、内心大いに勇気づけられた。

「ここ一年ばかり、『ひまわり』に引っぱりまわされ通しだったけど、これでようやく私も解放されます。この日をどれだけ待ち焦がれてきたことか。後は久永さんやあなたのような若い人たちの出番だ。でもそうなってみると、今度はこの絵について無性に誰かと喋りたくて堪らなくなってきた。人間の気持ちというのは、自分でも判らないものですね」

「その大事な話し相手が、私のような小娘でもいいんですか」

「麻里亜さんは私が知っている唯一のゴッホ研究家だ。論文読みましたよ。『ゴッホの魂と自死』だったかな。専門用語がたくさんあって判りにくいところもあったけど、結構面白かった」

「そういっていただけると嬉しい。あれでも渾身の力をこめて書いた処女論文なんですから」

「『ひまわり』って極端にいうと、緑と黄色だけで描かれた絵でしょう。はじめは少し物足りないなと感じていたんですが、あなたの論文を読んでからながめると、黄色が無限に変化していて少しも飽きさせない。実に新鮮なんですね」

矢代は「ひまわり」の前まできたとき、ガラスに額をくっつけるようにして、そういった。

麻里亜も同じようにして観察してみる。

「たとえば鬱金《うこん》の花弁を描くのに、ゴッホはひまわり以上に黄色い、熟したレモン色のバックを用意しています。花瓶は菜の花の黄色、テーブルはカナリヤの黄色。それってものすごい冒険で、とんでもなく大胆ですよね。すべては灼熱のゴビ砂漠に浮かぶ蜃気楼さながらに、山吹のヴェールを被せられた真っ黄色の幻想に他なりません」

「その並み外れた美意識は、どこからやってきたのだろう。彼には万物が燃え上がるような黄色にみえていたにちがいない」

「色彩的統一の秩序などといってみたところで、どれほどの意味があるでしょう。黄色という一番強烈な色の強さをも無にしてみせずにはおかない、頑なな思いこみがみなぎっています。『ひまわり』の無謀な黄色は、太陽の表面ではなく、中心部にまで到達して灼熱に燃焼してみせた結果だと思います。

色彩はいつしか白熱のなかに融解していく。これは明らかに油絵具の本性に外れた行為です。つまり西洋絵画の伝統から逸脱していく破天荒な行動。いってみれば色彩そのものへの反逆なんじゃないでしょうか」

「そこまで色を追いつめていく必要が、どこにあったのかなあ」

「私にはとってもよく判るんですけど、人生へのメランコリックな絶望。不意に襲ってくる発作への恐怖。慢性的な鬱状態のあらわれでしょうね。なにしろゴッホは仕事にことごとく失敗し、恋愛もただのひとつとしてうまくいかない。最後の望みを託した芸術でも、自分で自分に落伍者のレッテルを貼らずにはおられないほどの体たらくです。私の父・蕃豪保もおんなじでした」

麻里亜は一言一言噛みしめるようにいった。

「麻里亜さんのお父さんが、ゴッホみたいに鬱状態だったなんて考えられないなあ」

「父は自分でやっていた会社の経営がうまくいかなくて、ずっと悩んでいました。借りたお金も返せず、それがもとで母や親戚たちみんなから白い眼でみられていたのです。そこに持病の躁鬱症が加わって耐え切れなかったのでしょうね。私が一〇のときに、三七歳で自殺してしまいました」

「そ、そうですか。それはお気の毒に」

矢代は一瞬言葉につまった。

「とり立てて遺書みたいなものは無かったんだけれど、後で机を整理したら紙切れにこんなことが書いてありました。

——あの華やかなヒマワリの花でさえ、枯れて萎え衰え、みるも無残な姿となる。ゴッホの『ひまわり』は、花のもっとも悲惨な現実を克明に写している。その筆致の一つひとつを、私は到底自分と切り離しては考えられない。

私は経営の才能に乏しく、情熱はしばしば空回りしがちだった。誠実な努力が世に容れられないことはいい。もうとうの昔に諦めた。しかしそこに身内の冷たい仕打ちが加わるとなると話は別だ。もはやわが身をこの世につなぎとめておく、如何ほどの理由もあるまい——

あれを読んで以来、私はいつも亡き父と無言で対話しながら暮らしているんです」

「痛ましいお話で何といっていいか……」

矢代は思わず顔を伏せた。

「私なりに父の死の原因をあれこれ考えました。でもその問いに一番確かな答をあたえてくれるのは、父自身の言葉ではなくて、実はゴッホの『ひまわり』じゃないかって思うようになったんです」

「ゴッホの絵は描かれた遺書ですか」

「ええ、私にはそんな風にみえます」

「論文によると不遇の謎を解くキーワードは、一年前の同じ三月三十日に生まれた兄の存在でしたよね」

「両親はふたりにフィンセント・ファン・ゴッホという同じ名前をつけたのです。そしてゴッホを死んだ兄の身代わりとみなして、いつまでも本人の人格に目を向けようとはしなかった。それが彼の芸術、つまり生き方を決定づけたのです。ゴッホは生まれたその日から、すべての人に無視されて一生を送る運命にあったのです。この『ひまわり』だって、私にいわせればその痕跡が色濃く認められます」

「ええっ、本当ですか」

矢代はゆっくりと休憩用の椅子に近づき、腰掛けながら訊き返した。

「決して周囲から存在を認められず、浮いてしまった者の怨念が籠っています。ギリシャ神話では、ひまわりの花をどう説明しているかご存じですか」

「いや知らない」

「バビロン王の娘クリュティエの化身だといっています。アポロンに恋い焦がれるあまり、いつもアポロンという輝かしい太陽の方向に顔を向けているのだけれど、なぜかふり返ってもらえない。ついには嫉妬に狂う哀しい乙女が、黄色い大輪の花に姿を変えたというのです」

「イメージとは正反対の、マゾヒスティックなストーリーですね」

「怖い話でしょう。『ひまわり』はやっぱり、前向きのエネルギーなんかではなくて、苦悩する画家ゴッホの象徴です。でも私にはぴったりくるの。私はいつも父が、鬱状態に苦しむクリュティエだと思ってきましたから」

「とんでもない。お父さんはきっと、社会的責任感の強い立派な方ですよ」

「ある人をめぐる基本的な人間関係は、かなり早い子供時代に決まってしまいます。残念だけどほとんどの人は、後でその基本的な人間関係を変えられるほど、器用でも柔軟でもありません」

「ゴッホは死んでいる兄に嫉妬したため、罪の意識に苛まれ、深刻な鬱の泥沼にはまりこんでしまったんですね。たくさんの自画像は、そうした自分を罵倒し、憐れみつつながめていた痕跡なのかなあ」

「矢代部長もそう思われますか。私はゴッホの椅子やベッドの絵をみると、いつも大切な主人公が欠けてるなあって感じるのです。私も父と同じように、自分の人生というステージの主人公ではありません。長いことまわりから排除されてきました。実際には脇役ですらないの」

「サラリーマンなら組織のなかで浮くと致命傷だ。どうしてもアルコールに頼ったり、仕事中毒になったりする。近代人ゴッホも現代のわれわれとそう変わらないかもしれない」

「その感触は、多分虐待されなかった人には判らないでしょうね。数多い恋愛でも、相手の気持ちが自分に向けられないと悟ると、ゴッホはすぐに自分を消滅させてしまおうとする。殺すよりは殺される側に身を置こうとする、マゾヒストの典型ですね。ひまわり一輪一輪の描写に打ちこむ以外、彼が生きていくエネルギーを回復させる道はなかったと思うの。だから異常な熱心さ、真面目さ、正義感で絵を描いたのね」

「そんななかで、愛人クリスティーヌの娘マリアの存在は、唯一の救いだったと思いますよ。その先に明るい光を復活させることはできませんかねえ」

矢代はふと考えこんだ。

そのとき特別コーナーの方で、ガシャンと猛烈に大きな音がした。みんな一斉に駆け出す。矢代も言い知れぬ不安にかられた。椅子から立ち上がるなり、そのままギャラリーへと走った。ちょっと薄暗くなった部屋に飛びこむと、ガラスケースのまえで警備員とひとりの男が、烈しくもみ合っているところだった。矢代は居合わせた招待客に訊いた。

「どうしたんですか」

「あの男がいきなり、これはわれわれのものだって騒ぎはじめたんだ。大きな声でね。酔っ払いではないかな。ガラスを叩くものだから、割れやしないかと思って怖かった」

「大丈夫です。絶対に割れない設計になっていますから」

矢代は男のそばへ行くと、もみ合っている警備員と一緒になって事務所へ誘導した。明るい蛍光灯の下でみると、男はまだ若そうな白人である。

「あなたの名前と身分は」

警備員が訊いた。その答えが終わるか終わらぬうちに、久永が息せききって事務室へ駆けこんできた。

「オランダからやってきたジャーナリストのウェーレだ。この成り金趣味の催しについて、大いに文句があるから館長か社長を呼んでくれ」

「それより、どうして大きな声を出して暴行をはたらいたのだ」

「暴行なんてやってない。暴行しているのは君らの方だろう。変な言い掛かりをつけると新聞に書くぞ。それより『ひまわり』はわれわれオランダ人の魂だ。破壊的な大金をはたいて獲得し、ここに堂々と展示するような作品ではない。少なくとも日本ではなく、美術品と本当につき合う気があるアメリカへ持っていくべきだ。新聞でそのことを詳しく論じるので、この絵を持ってきた人物に会わせてくれ」

みんなは男の顔をまじまじとみつめた。矢代は廊下の麻里亜に、事務室のなかへ入るよう手招きした。

「まったく見当違いなクレームだけど、あの人もどこかで踏み誤って、太陽神アポロンの庭に咲けない哀れなひまわりとなってしまったんでしょうね。ゴッホの悲劇は一〇〇年前に、オーヴェールの麦畑で終了したわけではないわ。いまでも、どこででも起こる可能性をもっている。だからこそゴッホは、絶大な人気を保っているんでしょうね」

蕃麻里亜は後ろのほうから、矢代にそっとささやいた。

「館長や社長に会ってどうするつもりだ」

久永が鋭い調子で男を問いつめる。男はほとんど悲鳴といってもいい声で叫んだ。

「はっきり日本は汚いといってやる。ゴッホが罪の贖いとして無償で描いたものを、偉そうに大金を積んで無理やり奪いとるなんて絶対許せない。ヴェニスの商人だって、恐れをなして逃げ出すってもんだ。この俺様が許したとしても、ゴッホ自身は何というだろう。彼は、日本人が素早く稲妻のようにデッサンできるのは神経が繊細で、感情が純粋だからだといっている。ところがいまのジャップはどうだ。アートに対してこれほど鈍感な国民は、世界中どこ見渡したっていやしないじゃないか。いーか。日本の芸術を愛し、その影響を受け、誰よりも日本へきたがっていた画家が、いまここで起こっていることを知ったとしたらどう思う？　日本は世界第二位の、いやいまや世界一といってもいいくらいだが、経済大国としてこうしたことをやるのを、少しも恥ずかしいとは思わないのか。どいつもこいつも、ジャップはみんな恥知らずだ」

ゴッホ美術館

展覧会の評判はまずまずである。新聞に次々と批評が載り、ガラスケースに納まった「ひまわり」の写真も、あちこちのメディアでみかけるようになった。矢代は六本木交差点に面した雑居ビルの書店に立ち寄っては、日ごろなじみの薄い美術雑誌のコーナーに足をとめ、関連記事にざっと目を通す。

いまさらながら展覧会評の難解さには辟易したが、それでも図版の美しいのが救いだった。しだいに業界人の反応だけではなく、一般来館者の動向や観客一人ひとりの感想についても知りたくなってくる。矢代はふと思い立って美術館の久永洋治に電話を入れた。午後から作品調査に出かけるので、昼休みなら時間がとれるという。喫茶室「サルタンバンク」で落ち合うことになった。

「やあ、忙しいところわざわざきてもらって済まないね」

「来年の六本木祭協賛事業が、いま山場を迎えているんです。久方ぶりに本格的な『北大路魯山人展』をやろうと思って。借り先が散らばっているので、結構集荷と返却が大変そうです」

ウェイトレスがちょっとけだるそうにオーダーをとりにきた。矢代はメニューで、黄色いイラストのついたスペシャルアイテムに目をとめる。

「この『ひまわりセット』って何?」

「ひまわりの花びらが入った自家製ケーキに、コーヒーか紅茶がついたものです。お一人様六〇〇円です」

ふたりはちょっと微笑んで、それを注文した。

「魯山人は器をながめているだけでは物足りない。やっぱり美食クラブの料理を盛っていただかないとね。料理が器を締めるというか、器が料理を盛り立てるというか……。ところでいまの特別展はどんな様子ですか」

「これまでになかった現象がいろいろ起こっています。本社の社員たちが、みんな連れ立ってみにきてくれるのです。なんだやっぱり関心があったんじゃないかって、見直しましたね。それから子供たちの入館者が激増しました。ゴッホが大抵図工の教科書に載っているせいでしょう。ミュージアムショップでは関連グッズに行列ができています。『ひまわり』のジグソー・パズルが一番かな」

「うちの部でとっている新聞にも『ひまわり』の記事はたくさん出ているんだけど、もう少し詳しく知りたくてね。観客はどれぐらい来ている？」

「今日が十月十九日で、オープンから七日間たったわけですが、かなり様子がみえてきました。ウィークデーで一五〇〇人。土、日曜は二四〇〇人ぐらいでしょうか」

「それっていい数字なの」

「うちの館としては、開館以来ダントツの記録です。『ひまわり』がなければ週末でも精々、一日一五〇人がいいところですからね。最初の日曜日に当たった十月十八日には、二四四七人の観客をお迎えしました。

この業界には、最初の日曜日の動員数が、展覧会全体の平均値になるという一種の経験則があります。それをこの催しに当てはめると、会期は六六日間だから約一六万一五〇〇人となります。低く見積もっても最終的に一五万人は突破するでしょう。金額にすると一億五〇〇〇万円以上の収入です」

「入場料は大人が一〇〇〇円だから、単純に掛ければ確かにそうなる。しかし実際には大高生、中小生が混じり、各種の割引料金だって設定されているのだから、もう少し下がってくるだろう」

「ところが美術館には入場料収入のほかに、カタログ収入や物品の販売収入というのがあります。これらを加えると、入場料収入の目減り分がちょうど相殺されるんです」

矢代はコーヒーを飲みながら、さりげなく伝票を手許に引き寄せた。

「なるほど、それを聞いてホッとしたよ。あなたも知っての通り『ひまわり』を獲得したのは、もとはといえば美術館にお客様を呼ぶためだ。それがもしも空振りだったら、レコードプライスまで出して購入した意味がない。特別展を皮切りに、一年を通して『ひまわり』を展示していけば、まあ四八万人はいくな」

「またまたそんな。先日も村田部長がやってこられて、似たようなことをおっしゃっておられましたけど、美術館の観客というのはそんなに単純なものではありません。いろいろなタイプの展覧会をとっかえひっかえバランスよく並べて、はじめて足を運んでいただけるのです」

「もし仮にだよ、五八億円をすべて銀行からの借入金に頼って賄ったとするよ。そうすると金利を年六・三パーセントとして、毎年三億六五四〇万円返さなければならない勘定だ。逆にいえば年間で三六万五四〇〇人の観客が動員できれば、この商売は成り立つというわけだ」

「部長がそんなことを言い出したら、すぐ本気にする人が出ますよ。勿論『ひまわり』の魅力は大変なものですが、美術館の収益だけで五八億円を維持回収しようというのはどだい無理な話です」

「都内に一千数百万人の人口を背負っていても、普通の人は一回みてしまえば、もうそれで満足だろうしね」

「いずれにしても、これで美術館の収益率はぐんと改善されたはずです。部長がおっしゃるように決して安くない買い物でしたが、財団の基本財産に五八億円を上積みしたと考えていただければ、それでよろしいのではないですか」

「後はリピーターをどうやって増やしていくかだ。マスコミの関心を冷めさせないためにも、魅力的な企画を頼むよ。あなた方学芸員の腕の見せ所じゃないか」

「妙にプレッシャーかけないで下さいよ。ところで先日経営戦略本部の方から、ゴッホの『ひまわりのデッサン』がまわされてきました。何でも永澤特命課長が、雨宮尚道というブローカーから預かった話題の逸品だそうです」

「おいおい本当か。私は何にも聞いてないぞ」

「二人の人物が大きく描かれていて、その前景、つまり画面の下の方にちょこちょこと花が数本のぞいているデッサンです。私にはそれがどうしても、ゴッホの絵にはみえないのですけどね」

「絵柄の判るものは何かある?」

「渡辺社長が専門家にみせたがっているというので、先日精密な写真を撮りました。後で部長のところにもワンセットお回ししておきましょう。原画はもうすでにアメミヤ・インターナショナルにもどされたと思います」

「それでどうするつもりなの」

「うちにゴッホの専門家はいませんからね。大学の恩師も尾形光琳などの琳派研究が専門だ。私としては大西先生におみせするぐらいしか手がありません」

「先生にちゃんとゴッホが鑑定できるだろうか」

「うーん」

ふたりは腕組みをして、しばし考えこんだ。なかなか簡単に結論のみえる話ではない。

「ロスチャイルド本社には作品鑑定のセクションがあってね、毎月一回エキスパートたちが判定会を開いている。撮ってもらった資料一式を、そこの近代・印象派美術のテーブルにのせるのが、やっぱり一番早道で確実だろうな」

矢代は誰に聞かせるでもなく、つぶやくようにいった。

「大西先生といえば、このまえのオープニングセレモニーにきておられましたね。久しぶりだったなあ。何だか少しやつれたみたい。それからブラッドフォード社の磯貝女史らしき派手な女の人もおみかけしました。何かややこしい話でもあるんですか」

久永は、ふと思い出したように話しはじめた。

「十一月十一日のニューヨーク・オークションにかける目玉作品が決まったそうだ。私はゴッホの『詩人の庭、アルル公園』とにらんでいたのだが、実際には『アイリス』だそうだ。あなも知っての通り、『ひまわり』と並び称される名品中の名品だ」

「よくもまあ、そんな凄いものを掘り出してきましたね。うちの幹部の皆さんはご存じなんですか」

「いや、まだ誰も知らないはずだ。そもそも私が聞いたのは、ニューヨーク本社でアンディー・ウィルソン社長が決断した直後だったからね。渡辺社長は何とおっしゃるだろう。村田部長や永澤課長は、端《はな》から興味を示さないかもしれない」

矢代の声が、思わず一段低くなった。

「もし『ひまわり』に加えて、『アイリス』がここへ入ってきたら、うちはゴッホ美術館になりませんか。いや、世界に冠たるゴッホ美術館以外の何ものでもない」

久永は嬉しそうに目を輝かせていった。

「おい、須賀平三郎に飽きてしまったのではないだろうね。しかし本当のところ、須賀平三郎先生はどうなる。ファン・ゴッホ＝須賀平三郎美術館か」

「いやあ、ここはすっきりワールド物産ゴッホ美術館でしょう。須賀作品は一度代官山のご自宅におもどしして、須賀平三郎記念美術館をつくってさし上げればいいんじゃないですか」

「無茶いうなよ。ご遺族が承服しないだろうし、第一須賀作品を一括返却してしまったら、こちらの運営が成り立たないんじゃないか。いずれにしてもこれは、うちの美術館にとっては迂闊に判断できない重大な岐路になるな」

「とにかく『アイリス』を買いましょうよ。こんなチャンスは二度とないのですから」

久永は身をのり出していった。

「うちのような財団運営の施設でも、高額な美術品を取得するには、それなりに筋の通った理由《アカウ》説明《ント》というものが必要だ。創業一〇〇周年記念とかね。ところが『アイリス』には適当な理由がない。何か『ひまわり』に結びつけられるといいのだが」

「同じ花の名品だから、悪くするとお互いに反発し合ってしまいます。とにかく内々に渡辺社長の意向が知りたいですね」

「月末に永年勤続社員と推奨職場の表彰式があるんだが、その合間にちょっと時間がとれるかもしれない。いずれ早急に耳に入れておかなければならない案件だから、無理を承知でつっこんでみよう。あなたも同席する？」

「はい、できましたらこんな機会に社長、いや財団理事長の基本的なお考えを伺っておきたいです」

「じゃあ表彰式が終わる一六時の、一〇分ほどまえにホールへきてくれ」

話しながら矢代は、何気なく喫茶室の隅に置かれたテレビに目をやった。昼のバラエティ番組を無視するかのように、いきなり「ニュース速報」というテロップが現れる。次の瞬間矢代の目は画面に釘づけとなった。太いゴシック体で「ニューヨーク株式記録的な大暴落」の文字が右から左へ流れていく。

「それから、お尋ねの一般来館者の反応ですが、アンケートを少しお持ちしました。こんなものでも何かのお役に立つでしょうか」

久永の言葉にも矢代は反応しない。テレビをみつめたままである。画面から推測すると、その日就任したばかりの竹下首相は勿論のこと、レーガン大統領にとっても、すべてはまったく予期しない青天の霹靂《へきれき》であったらしい。

「部長、急にどうしたんですか。よかったら、これをみんな持っていってください」

「ううん、後でゆっくり読ませてもらうよ。名画を歓迎しないほかの重役たちにもみせてやりたいし」

矢代はそそくさと椅子から立ち上がり、済まないねえといった調子で、久永の肩をひとつポンと叩いた。

ブラックマンデー

矢代がオフィスにもどってくると、寺嶋次長が苛立った表情で部屋をうろうろしていた。

「いま『サルタンバンク』のテレビでみたよ。大変なことになったなあ。株価は一本調子で棒上げだったから、もうそろそろ調整局面だと思ってはいたが」

「ニューヨーク駐在員事務所から、たったいま届いたばかりのファックスです」

寺嶋はペーパーを机に置く。そこには乱暴な字で「ニューヨーク株式史上最大の下げ、一七三八・七四ドルとなる。こちらではウエイル（嘆きの）街の、ニューヨーク証券取引所を一目みようとあつまってきた群衆で交通がマヒし、警察官が出る騒ぎだ」となぐり書きされていた。

「すぐにニューヨーク事務所に連絡を入れたのですが、まだ反応はありません。向こうはかなり混乱しているらしい。先週末の一〇八ドルという記録的下げを受けて、ニューヨーク証券取引所は朝から売り一色ではじまったようです」

矢代はうなずいた。ニューヨークと時を同じくして、株式指数先物の取引で知られているシカゴのマーカンタイル取引所も、パニックに陥っていた。事態の背後には、アメリカの財政赤字と貿易赤字が一向に改善されず、巨額の赤字はむしろ拡大傾向にあり、加えてこのところのドル安でインフレ懸念が急速にひろまってきた事情があった。

レーガン政権はインフレ対策で九月五日に公定歩合を〇・五パーセント引き上げ、六パーセントとしたが、十月十四日に発表された貿易収支の悪化が予想を大きく上回ったため、企業実績に対する不安が一気にひろまったのである。

「資産運用部門のトレーダーたちは戸惑っているだろうな。若い連中は縮小傾向のマーケットを全然知らないからな」

「それは世界中同じでしょう。アメリカ市場も、現場は新人類と呼ばれる人たちが動かしている。彼らは下げの局面を経験していない。これが下げ幅を大きくした一因ではないですか」

「うちの部として直接的な被害はないが、まず変動の実態をつかまなければお話しにならない。兜町の方はどうだろう」

「日経平均株価は六二〇〇円一八銭安の二万五七四六円と史上六番目の下げ幅を記録しています。外国為替は一四〇円で寄りついて、午前の終わり値は一四一円ちょっとです」

「アジア市場は」

「香港、シンガポール、シドニーなど各地の株式相場は、軒並み史上最大の下落に見舞われています。とくにシンガポールが深刻だ」

「これで金余り、低金利、ディスインフレを背景にして、八四年からつづいてきた日米欧の世界同時株高は、おジャンになるだろう。こうなってみると『ひまわり』の購入は、はたして適切な時期だったかどうか」

「もう当分の間、世界的名画を買う余裕なんて出てこないかもしれませんね。さっきのニュースだと、ニューヨーク証券取引所では五〇八ドル、二二・六パーセントというかつてない下げ幅をマークしています。

世界恐慌の引き金になった、一九二九年十月二十九日の『暗黒の木曜日／ブラックサースデー』を一〇パーセント近く上回る数字だ。起こった日時まで似ているので、今回の暴落は『暗黒の月曜日／ブラックマンデー』ないし『虐殺の月曜日』と命名されるらしいですよ」

「ブラックマンデー？　何だか気色悪いな。しかし株価の下落を恐れるあまり金融緩和にこだわると、これまた危ないことになりかねない」

「関係部署の動向だけでも探っておきましょうか」

「まあ、そう焦ってもしょうがない。アメリカのファンダメンタルズはしっかりしているのだし、これがすぐに世界規模の大恐慌につながるとは考えられない」

「でもこれからどんな対策を講じればいいのか、検討しませんと……」

寺嶋の言葉を遮るように、矢代は自分の椅子に深々と腰掛けた。やおら来館者アンケートの束をとり出すと、ゆっくりと読みはじめる。

――美術館は見晴らしがよくて、すっかりリラックスしました。ゴッホの絵をみていると、知らず知らずのうちに心に染み入ってきて、なんだか優しい気持ちになり、涙がにじんできます。きっと、きつく絞め過ぎていた心のネジが緩んだのでしょう。

――貧困に喘いでいるおぞましい絵だと思ってみていると、突然官能的な表現に変わる。天才の人生には思いもかけないハプニングが起こるらしい。

――今回は「ひまわり」に会えて本当によかったです。判るとか判らないとかではなく、ゴッホの魂に触れてびーんと感じてしまったみたい。ゴッホは一生涯絵が売れず、弟のテオに頼って生活していますが、そのかわり魂の純粋さだけは最後まで失わなかったと思います。

――子供と一緒にきたのですが、親としては子供の目が輝いているほど嬉しいことはない。これからもちょくちょくやってきますから、是非いい展覧会をお願いします。

世界経済がマヒしていくという差し迫った状況のなかで、自分はいま一体何をやっているのだろう。矢代はつくづく不思議な気がした。しかしそれでもアンケートのなかには、あるはっきりとした心の安らぎが存在している。矢代を限りなく勇気づけてくれる、エネルギッシュな精神の鼓舞が、そこには確かに存在しているように思われた。

翌二十日になると、ようやく事態の全体像がみえてくる。アメリカ、日本、西ドイツ、イギリスともマネーサプライ（通貨供給量）は中央銀行の目標値を上回って増加され「いつ発火してもおかしくない」状況が生まれていた。だぶついた資金は投機的な仮需にあつまり、先進各国はこの三年間で株価を二倍から三倍へと、急ピッチで上昇させている。それがアメリカのイラン攻撃（原油価格高騰）をきっかけに、投資家たちの漠然としたインフレ懸念に火を点ける結果となった。

とくに時間がたつにつれて、機関投資家たちが採用しているコンピュータ・プログラムが問題となってきた。ロジックが単一で、なおかつ未熟であったため、プログラム売りが過剰に機能する。ある株価が予想を超えて下がると、ほぼ全員が自動的に売りを浴びせかけるシンクロのシステムになっていたのだ。多少の悪材料には目をつぶってきた株式市場も、この予期せぬ方向からの圧力には堪らず、ついに支え切れなかった。

ロンドン株式市場は、これまでの記録の四倍を超える猛烈な下げとなる。パリでは寄りつきから軒並み下落。午後一時半の総合株価指標（CAC）は、前週末比で七・六パーセント安と過去六年で最悪の暴落となった。ニューヨークも下落に歯止めがかからず、午前一一時のダウ工業株平均では二一〇ドル下げて、二〇〇〇ドルの大台割れ目前にまで到達した。

東京株式市場は、取引開始直後から売り一色になるパニック状態である。指し値の買い注文は軒並み取り消しとなり、かわりに「いくらでもかまわない」という成り行き売りが殺到した。午前一一時の前引けで日経平均株価は、一八七三円八〇銭安という史上最大の下げ幅を記録した。証券会社の窓口では、大口投資家たちからの問い合わせに、係員が

「ニューヨークは高値から二二・六パーセントも下げたので、すでに下値固めのゾーンに入っています」

と説明におおわらわである。財テクブームにのって株式投資をはじめた素人投資家たちは、はじめて経験する急落にただおろおろするばかりであった。窓口で説明を聞くでもなく、お互いに

「怖いわねえ。アメリカがああじゃしょうがない。財産は目減りしたかもしれないけど、また上がるでしょう。なにせジャパンマネーは強いから。決して悲観して、午後から行方不明になったりしないでね。ブラックマンデーなんかには、ビクともしない心構えでやってかなきゃ」

と慰め合うのが精一杯であった。

政府と日銀はこの状況を「株の急落は明らかに過剰反応。調整局面に過ぎない。日米欧の株式相場がスパイラル的に下落していくような材料はない。市場心理がかなり不安定になっており、これが売りの圧力を高めている。市場心理を安定させるような対策がいるかも知れない」

（朝日新聞、十月二十日）と説明し、つとめて平静を装う。

宮沢蔵相は閣議後の記者会見で「（株価の下落）それ自体はどうということはない。日本経済はこれからよくなっていくことははっきりしているし、為替相場も落ち着いているので、別段、大きな影響が出るとは思っていない」（朝日新聞、十月二十日）と知らんぷりを決めこむ。

結局東京株式市場は、ほとんどの銘柄に値がつかないままその日の取引を終え、最終的な下げ幅は三八三六円四八銭（一四・九パーセント）であった。これは半年前に出した、それまでの最大下げ幅の実に四・六倍に相当している。投資家から絶大な支持をあつめていた経済評論家の邱永漢は、思いがけない事態に向けて緊急コメントを発表した。

「最近の株価は高値が高値を追って行く投機的な買い方が続き、特に米国の株価は経済の実体とかけ離れていた。どこかで下がる場合があると考えていたが、上がりが極端だっただけに、下がる時も極端に出た。ただ世界経済の流れは全般的に見て順調に動いており、生産力のある日本の経済が変わってきたわけではない。あわてることはなく、しばらく静観していた方がいい。暴風雨の中でものを考えてはいけないということだ。

今回の大幅下げは、借金をして株を買っていたような投機家には響くだろうが、素人投資家はこういう時こそ『株で無茶なことをやってはいけない』という教訓をかみしめるべきだろう」（日本経済新聞、十月二十日）

アメリカでは辣腕で鳴らすグリーンスパンFRB（米連邦準備制度理事会）議長が、強い調子で「（われわれは）国家の中央銀行としての責任をとることで一貫しており、経済と金融システムを支えるために流動性（資金）を供給する用意がある」（朝日新聞、十月二十一日）と言明する。懸念される金融機関の財政破綻に対し、あらかじめ絶対の支援を約束したのである。

レーガン大統領は「雇用はかつてなく高い水準にある。工業生産は上昇している。貿易赤字は為替変動分を調整した場合、着実に改善されている。そして連邦準備制度理事会議長が最近述べたように、米国にはインフレ再発の根拠は何もない」と胸を張る。それはひそかに日本の出番を期待していた宮沢蔵相の出端をくじくものでもあった。

矢代はロンドン市場の情報をもとめて町田駐在員に電話した。

「そちらはどうですか。暴落の津波はニューヨーク、東京、シンガポール、ロンドン、シドニー、ブラジルと次々に呑みこんでいったようだが」

「どうもこうもありません。市場は総崩れで開店休業状態です。今回の騒動の火つけ役は、どうみてもベーカー米財務長官ですよ。インフレ懸念で金利の高め誘導に動いていた西ドイツを批判しましたね。それが市場では、アメリカ政府のドル安容認策と受け取られてしまったんです。まあドルの暴落を恐れる投資家たちの、追いつめられた気持ちは判らんでもありませんが。でもね部長、ロンドンとニューヨークはこうなってみると案外遠いです。東京とニューヨークは、もっと遠いんじゃありませんか。アメリカもヨーロッパも、いまジャパンマネーに引き上げられたらどうしようと、内心びくびくしていますよ」

町田らしいクールな言い回しであった。その後フィリップス石油会社のアンソニー・ブラントンにも問い合わせてみる。

「お久しぶりです。東京では先月末から『ひまわり』をはじめて公開したところです」

「それはおめでとう。そのうちみにいきます。その件では私もお世話になったし、多少の責任もありますから」

「株式はひどいことになりましたけど、ロンドンはいかがですか」

「さっきからローソン蔵相が声を張り上げ、ラジオでウォール街の失敗に同調するなと叫んでいます」

「不思議に思うのは日本も欧米も、実体経済が悪くないのに、なぜここへきて株式の大暴落なんでしょう。生産、消費、投資とみんな順調にまわっているはずだ」

「アメリカは貿易赤字の責任をはっきりさせないでおいて、為替レートだけはG7できっちりやりましたね。その辺りの矛盾が表へ出たのではないですか。ジャパンマネーは国債を買うためアメリカへ還流し、結果としてレーガノミックスを支えている。しかし日本はいずれそのツケをきっちりと支払わされる羽目になりますよ。

それにしてもわれわれはみんな、少しばかり調子にのり過ぎていたのかもしれない。株は二〇パーセント落ちたが、なあに今年二月の水準にもどっただけだという声をよく耳にします。この暴落を戒めとして真剣に受けとめ、やり方を根本的に変えていかないと、企業はいまにもっとひどい目に遭いますよ」

「こんなタイミングで『ひまわり』を初公開することになってしまって、お客様をはじめみなさんの反応が心配です」

「人はいろいろと面白おかしくいうでしょう。でもね、日本が文化の面で国際舞台に登場し、堂々と見識を披露したのは、私が知る限りではこの『ひまわり』がはじめてだ。恐らく今後もそうはないでしょう。土地ではなく、人間がこの手でつくり上げたものにこれほどの称賛をあたえるというのは、そのこと自体がわれわれの文明の偉大な勝利だとは思いませんか」

受話器の向こうでアンソニーが、もともと思慮深い表情を一層物思わしげにしている様子が、矢代には手にとるように判るのだった。

「アイリス」

パースは広大な西オーストラリアを代表する都市である。スワン川に沿って開けた人口一三〇万人ほどの街で、古い建物と近代的なビルが一緒になって不思議な佇まいをみせる。ウッドタワーはその目抜き通りに、ひときわ高く聳えていた。コリン・ウッドはタワーの四五階に、国際的なアートギャラリーを開設しようと計画していた。

大自然の雄大な景観と先住民アボリジニのアートに、近現代美術を融合させて、一大観光スポットに育て上げようというのである。一九八八年に旗揚げするためには、どうしても八七年中に人々をうならせる第一級の名品を確保する必要があった。耳よりな話をもとめ、自家用ジェット機を駆使して、各地のオークションハウスを飛びまわる。

「ひまわり」の失敗に懲りて、オークションそのものにも頻繁に顔を出すようになった。十月には忙しいスケジュールをやりくりして、ブラッドフォード・ニューヨークを訪れている。オークション前のプレビューに参加し、顧客のための特別ディナーパーティーに出席するためだ。

そこで彼は、ふたたびゴッホの傑作とめぐり会うことになった。作品は長らくホイットニー一族が保有していた「アイリス」である。

たくさんの紫色のアヤメのなかに、たった一輪白い花が混じっている色鮮やかな傑作だ。美術評論家のカルヴィン・トムキンズは、この絵の魅力的なプロヴナンス（来歴）についてこう述べている。

――作品は最初はファン・ゴッホの弟テオの手許にあった。描かれた年に展示されたあと、絵はモンマルトルの屋根裏部屋で眠っていた。そしてテオの死後画材屋に渡り、一九八二年に美術批評家オクターヴ・ミルボーに売却される。ミルボーはコレクターのオーギュスト・ペルランに売却し、ペルランはパリの美術商ベルニーム・ジューンに、ベルニーム・ジューンはドレスメーカーのジャック・ドゥーセに売る。ドゥーセの未亡人は画廊主ジャック・セリグマンに売却し、セリグマンの従業員だったセサール・ド・オークは一九四七年、この絵をある持株会社を通じて、資本家ペイン・ホイットニーの娘ジョアン・ホイットニーに売却したのである。当時ジョアンはチャールズ・シップマン・ペイスンと結婚し、夫婦で美術品のコレクションに精を出していた――

いかに名画といえども、ここまで詳しく所有者が特定できるケースは稀にちがいない。ウッドはこの絵をみた瞬間、「ひまわり」より上だと直感した。サイズこそひとまわり小さいものの、鮮やかな赤と青と緑の対比がもたらすインパクトの強さには、どうにも抗い難いものがある。

ひまわりが農民の力強い花であるのに対し、アイリスにはどことなく聖母マリアの可憐さがただよっていた。例によって一度気に入ると、たちまちにしてわが物にせずにはおられない。美術愛好家の独りよがりな惚れこみばかりではない。むしろ長年M&Aで鍛えてきた投資家としての、磨きに磨いた相場カンに近いものがあった。どうせ価格は目を向くほど高いだろうが、いま仕入れておいて先々損はないと読む。

後は何が何でもわが物にしなければ気が済まない辣腕実業家特有の荒っぽさで、遮二無二突っ走っていった。早速ブラッドフォードの担当者と交渉に入る。

「素晴らしいゴッホだ。こんなに色彩が生き生きしている絵は、これまでみたことがない」

「ありがとうございます。『アイリス』の色が、ゴッホの他の作品にくらべてさえ格段に明るく鮮やかなことは、ほとんどの美術史家が認めているところです。この作品は十一月十一日に開く、当社の年末オークションの目玉作品となる予定です。もう宣伝キャンペーンに入っていて、業界では大きな話題になっています」

印象派・近代絵画部門責任者のジョン・キャンベルは、何種類かの雑誌図版をぱらぱらとめくってみせながら、わが意を得たりとばかりに答えた。

「エスティメイトは、どれくらいだ」

「ウォール街が揺れているこんな折りですから、当社の予想価格はできるだけ低く抑えていますが、いざ実際の落札となりますと『ひまわり』を越えて三七六〇万ドル（二三三〇万ポンド、五五億円）近くにまで行ってしまうのではないでしょうか」

「そんな体裁のいい話は聞きたくない。もし『ひまわり』と『アイリス』が、甲乙つけ難いほど相拮抗した作品だとすると、ブラッドフォードは会社のメンツにかけて『ひまわり』を上回る落札価格をたたき出さなければならない道理だ。できれば『トランクターユの橋』が提示した、このところの五〇パーセント近いゴッホの値上がり率を、軽々とクリアした価格が出したいのだろう」

「まことに興味深いお話ですが、これぱかりはやってみないと判りません。親引けというケースだって、まるっきりないとはいえませんから」

「本当のことをいえよ。二〇パーセントという控え目な値上がり率を想定しても、二二五〇万ポンド（五三億一〇〇〇万円）×一二〇パーセントで、四三五〇万ドル（六三億七〇〇〇万円）辺りまで視野に入っているのじゃないか」

「確かに当社にとってレコードプライスは重要です。しかしそれはライバル企業との競り合いのためばかりではありません。それよりはむしろ、ブラックマンデーが世界中のマーケットを呑みこんでしまうのを、何としても喰いとめたいからなのです。世界恐慌が大きな口を開けて待ち構えているのですから、われわれとしても今回ばかりは真剣にならざるを得ません」

ジョン・キャンベルはいつになく真面目な表情で、いくぶん青ざめ、頬をひくひくさせていた。

「もし私が四三五〇万ドル（六三億七〇〇〇万円）で『アイリス』を落とせば、ゴッホの名品を持っている世界中のコレクターは、居ながらにして何一〇億円も資産を増やすことになる。株で財産をすり減らしているこの時期にだよ」

「ひとりの作家を共有するコレクターたちは、対抗馬であると同時に赤い糸で結ばれた大切なお仲間、運命共同体ということですね」

「いまビッドしているのは」

「お名前は申し上げられませんが、猛烈に熱心な方が数名……」

「ふうん。そのなかにワールド物産の渡辺紘平と矢代雅彦は入っているのか。彼らは私のアセット・アクイジション（資産買収）能力をきちんと評価しない、まったく嫌なやつらだ。彼らを見返してやれるのなら、私はロイヤル・パース・ヨットクラブを手放したっていいくらいだ。今度こそ目の前で叩きのめしてやる」

「ヨーロッパにつづいて東京でのプレビューはこれからですが、当社の磯貝照子アジア担当の報告ですと、まだビッドはいただいていないようです。つい一週間ほど前、チケットは彼女から矢代部長に間違いなく渡っています」

「何をぐずぐずしているのだろう」

「政府筋の規制が入ったらしく、身動きがとれないみたいですね。まあ、あの国にはよくあることですが」

「売り手のジョアンというのはどんな人だ」

「野球のニューヨーク・メッツのオーナーです。メトロポリタン美術館のボードメンバーを務めておられ、この『アイリス』もついこの前までそこに飾られていました。メイン州の大学にジョーン・ホイットニー・ペイソン美術館を開設していて、今回の売上金の一部をウエストブルック大学に寄付されるとうかがっております」

「私もオーストラリアにもうすぐ大学をつくるんだ。そこに美術館を併設して、いずれは学生たちに『アイリス』をみせたい。ＩＥＡグループ代表の高嶋春紀は、日本の伊豆半島に現代美術館を建てると意気ごんでいるので、そこに並べてもいいけど。

とにかくいまはそのウッド大学の設立と、オーストラリアの海岸リゾート開発にてんてこ舞いだ。すでにオーストラリア政府通産省の支援も得ている。だから金はあらかたそっちへまわっているんだ。手持ち資金に四三五〇万ドルなんていう余裕はない。ゴッホといえども、とても二五〇〇万ドル以上はまわせないな」

「ブラッドフォード・ニューヨークの力をもってしても、こんな名品はめったに出てきません。優れたインフレヘッジ財として、ロスチャイルドの『ひまわり』を上回っているのは確かです。もしアートギャラリーと大学付属美術館のために、世界の超一流品をお望みでしたら、このチャンスを逃す手はありません」

「それはそうだ。確かに喉から手が出るほど欲しい」

キャンベルは「ひまわり」の一言で、コリン・ウッドの気持ちに動揺が走ったのを見逃さなかった。煮えきらない態度を、決断まえの最後の躊躇とみて、迷いを断ち切るようにいった。

「当社では芸術文化の振興のため、特別なお客様に限りローンサービス（絵画融資）をやらせていただいております。ただいま私どもの担当者を連れてまいりますので、ちょっとお待ちください」

奥からふたりの男たちがやってくる。年配の方はブラッドフォード・ニューヨークの経理部長スティーヴン・サイモンである。若い方は一九八四年に設立された金融専門の子会社、「ブラッドフォード・ファイナンシャル・サービス」のダグラス・フォークナー社長だった。ふたりは椅子に座るなり、勢いこんで話しはじめる。

「お手持ちの資金がじゅうぶんではないのですね。競売品の『アイリス』を含む数点の重要な絵画を担保にしていただければ、最大で落札価格の半分まではご融資できます。何しろ業界トップのブラッドフォードは、美術作品の価格評価に関しては、世界最高のエキスパートを揃えておりますから」

コリン・ウッドは「さすがに出走直前のドーピングはよく効く」とつぶやきながら、一も二もなくこの融資話に飛びついた。彼の頭のなかにはすでに、ウッドタワーでゴッホの名作「アイリス」が燦然と輝く様が、はっきりと映し出されていたのである。一方オークションハウスの側には、ニューヨーク証券取引所の方から響いてくる不気味な地鳴りを一気に吹き飛ばしてくれる気前のいいビッダーが、何としても二人は必要であった。

それがレコードプライスを更新し、ひいてはブラッドフォードが業界の主導権をふたたび奪還していくための絶対条件であった。利害の一致した両者は、金額のべらぼうな大きさにもかかわらず、いとも簡単に合意した。こうしてコリン・ウッドとブラッドフォードは、落札を前提にしたアートローンの契約をもって、歴史的なオークションの夕べに臨むことにしたのである。

アートのDNA

「わがワールド物産を支えているのはいうまでもなく、皆様のような誠実かつ前向きな社員たちであります。わずか数年で世の中の様子ががらりと変わってしまう、この激しい変化の時代に、変化を危機ではなく逆にチャンスと捉えるバイタリティーにあふれた方々のみが、総合商社を限りない繁栄へと導くことができるのであります。

皆さん、これからも決して競争に後込みしないでください。会社のなかで一人ひとりが自分に磨きをかけ、お互いにライバルとなり、主張をぶつけ合うようでなければ到底国際社会の荒波のなかで生き残っていくことはできません」

渡辺は金屏風のまえに据えられた演壇で、さかんに熱弁をふるっていた。矢代と久永が会場に入っていっても、まったく気づかない様子である。

「そのなかでも今日ここに並んでいただいた皆様は、とくに優秀な成績を挙げてこられた人たちばかりです。トレーディングの仕事は、日々進化しております。貿易自由化の波で新しい商品やプラント技術が次々に開発され、IT化やマニュアル化のスピードは目を見張るばかりです。わが社もそうした新しい動きに対し、これからも積極的にとり組み……」

ふたりは直感的に「こりゃあ、スピーチはまだまだつづくな」と思った。矢代は折りたたみ式のパイプ椅子に座ると、じっと目を閉じて話に聞き入った。

演説が終わると渡辺はステージからすたすたと降りてくる。矢代の顔をみるなり軽く右手を挙げた。

「おう、どうした」

「ちょっとお話があるのですが」

「また難しい相談か。ここでよければいいよ。だけど永年勤続社員の表彰が終わったら、すぐ経済同有会に行かなきゃならん。そうだったな」

渡辺は広瀬秘書課長の方を向いていった。

「はい、日中貿易制度調査会のメンバーがお待ちです」

広瀬がこれ以上ないほど事務的に返答する。

「実は昨夜、ロスチャイルドのリチャード・ブラントンから連絡がありました。永澤課長が持ちこんできたデッサン作品の鑑定結果が出たのです」

「それで?」

渡辺は身をのり出してきた。

「結論からいうと、あの絵は確かに一九世紀の後半に制作されたものだが、ゴッホの作品ではないそうです。エキスパートたちの分析によると、ゴッホに心酔していた時期があるクリスティアン・モリエア＝ペーターセンという画家のものです。サインもぴったり一致したので間違いないそうです。

私がロスチャイルドの美術品倉庫で発見した『ひまわりのデッサン（散歩する男女）』は、肖像画に花をあしらった絵ではないらしい。ひまわり畑のなかを若いカップルが腕を組んで、仲良く歩いていく図柄なんだそうです。多分ハーグ時代のゴッホとクリスティーヌを、一八八七年ごろに回想して描いたものでしょう。

畑の向こうには地平線がみえ、いましも真っ黄色な太陽が昇ってくる。そんな力強くも男女の情愛に満ちあふれた、ゴッホにしてはめずらしく家庭的なデッサンだそうです」

「『ひまわりのデッサン』といっても、切り花が何本か登場してくるのではなく、ひまわり畑の絵だったんだね。いまの時点では、それだけ判っただけでも良しとしなければ。これで的はうんと絞られてきたはずだ」

「すでにロスチャイルドのロッテルダム支店から、『ひまわりのデッサン』らしき作品を持っている老コレクターをみつけたという連絡が入ってきたそうです」

「ほほう、さすがは大オークションハウスだ。ネットワークがちがう。やるねえ」

「永澤プロジェクト特命課長をさしおいて、また私が動くことになりますが、それでもよろしいですか」

「ああ、ちっとも気にせんでいい。うちは出来るやつが出来ることをやって、どんどん道を拓いていく方針だからな。

だいたい成雄が持ちこんできた、ホンコン・オークションの『ひまわりのデッサン』は、いくらながめていてもちっともピンとこなかった。描線に鋭さがみられない。モチーフの人物たちの間にも、暖かい心の交流といったものがあまり感じられないんだ。これが長年探しもとめてきた、わが父ゆかりの品なんだろうかという、冷めた印象しか持てんのだ」

「来年早々ブリュッセルで『代替エネルギー国際会議』が開かれますから、その帰りにでもロッテルダムへ寄ってきましょうか」

矢代はたたみかけるようにいった。

「そうしてくれると助かるよ。君の用事はそれだけか」

「いえ、もうひとつあります。このまえのオープニング・セレモニーに、ブラッドフォード・ニューヨークの磯貝照子女史がやってきました。彼らは十一月十一日のオークションに、ゴッホの『アイリス』を出すそうです」

「部長がまえに話していた、『ひまわり』に匹敵する名品だったな」

「はい。ギャラリストたちの間でも、ふたつの作品の評価は半々に分かれます。ゴッホすなわち『ひまわり』のイメージにそれほどこだわらなければ、恐らく『アイリス』の色彩の方に軍配が挙がるでしょう。

その名品中の名品が、いま東京プリンツ・ホテルのプレビューに並べられているのです。ブラッドフォードはわれわれにもみにきてほしいそうで、かなり熱心なお誘いがありました。ニューヨークからは印象派担当のジョン・キャンベルが随行してきているそうです」

「もし財政的に問題がないようでしたら、ビッドしてみるのも面白いと思いますけど」

矢代の後ろから久永が口を出した。

「いまマーケットに出てくる可能性のある名品は、その一点だけなのか。まえの市場分析では、『ひまわり』とほぼ同格の六五〜七〇億円と値踏みされていたと思うが」

「その通りです」

矢代は勢いこんで答えた。

「もし『アイリス』のオークションに参加したら、われわれは『ひまわり』の第二ラウンドとして、ふたたびコリン・ウッドやフィラデルフィア美術館と激突することになるな。ポール・ゲチィ財団だって参加してこないとは限らない。しかも今度は、相手の手のうちが判った正面からのバトルだ。『ひまわり』でわれわれは、落札バッシングがそう生易しいものでないことを骨身に染みて知った。驚いたことにこの国では、こんなことがいわば官民挙げての袋だたきの的になる。株の大暴落の後インターバルを置かずに、すぐにまたあのパンチを受けたら企業そのものの存在が危うくなるだろう」

「名画の購入は、長い目でみれば決してマイナス要因ではないとする識者も、結構いましたけどねえ」

久永がつぶやいた。

「それにもうひとつ。コリン・ウッドはいま、理屈を超えてわれわれへの敵愾心に燃えている。どんな手を使ってでも、ワールド物産の鼻を明かしたいだろう。よくゴッホの『トランクターユの橋』を思いとどまったものだよ」

「いいえ、ちっとも思いとどまってなんかいませんよ。彼は『トランクターユの橋』でも、あとわずかのところで手が届かなかったアンダービッダーだったのです」

「なんだ、そうか。それじゃあ尚更だ。エネルギーがたまっているから、今度は必ず動いてくるにちがいない。うちの『ひまわり』には、確か七〇億円出してもいいといったな。きっとその辺りに狙いを定めて攻めてくるのだろう。いずれブラッドフォードのオークションに参加すれば、血で血を洗う闘争になるのは避けられない」

「ブラックマンデーの直後で、資金的には大丈夫でしょうか」

「バカいっちゃいかんよ。うちが愛知県知多半島につくる総合研修センターには、一体いくらかかると思っているのだ。一〇〇億円ぐらいの出費で、右往左往するような企業ではない。株価が二割下がったといっても土地融資は大蔵省がきっちり締めているし、金《きん》にしても取引は年間一兆円くらいのものだ。カネの行場がない以上、日本の株式市場がガタッとくる心配はない」

そのとき笠井広報室長がやってきて、「社長、壇上へどうぞ。皆さんと一緒に記念撮影です」と告げる。壇上にはすでに永年勤続社員たちが、これも正装の配偶者とともに居住まいを正して着席していた。カメラマンが立てたストロボライトから、何度かパシッと閃光が走る。終わるとみんなの緊張が解けて、辺りに和やかな人の輪がひろがる。渡辺はあちこちに頭を下げながら、その輪から抜け出してきた。

「あんまり時間がないので、歩きながら話そうや」

渡辺を先頭に矢代、久永と広瀬秘書課長は、地下一階の車寄せに向かってゆっくりと移動しはじめた。

「会社としては、どうやらこれまでとは少しちがう道を歩まねばならないときがきたようだな。心残りだが今回『アイリス』は見送ろう。もしこのままずるずるとオークションへ参加をつづけていたら、恐らくこれからは問答無用の叩き合いになるだろう。

ジャパンマネーがアートマーケットをリードするのは結構だ。しかし国際的な泥仕合だけは避けねばならない。私としてはここいらでやっぱり、一度間を置くのが賢明だと思うがね」

「これはかなり重要な局面ですよね。ここで買いに出れば、ふたたび強烈なバッシングを受けるのは必至の情勢だし、撤退すればわが社の美術戦略そのものの見直しという結果にならざるを得ません」

久永が眉間にシワを寄せていった。

「それにせっかく積み上げたロスチャイルドとの関係はどうするのだ。安易にブラッドフォードへなびいたら、フィリップス社との間だって気まずいことになるのだぞ」

矢代は思わずハッとした。

「もしもだよ、ロスチャイルドとブラッドフォードが本気で大ゲンカをはじめたら、その火の粉がうちにまわってこないとも限らない。矢代部長は以前ポートフォリオ方式の話をしていたね。ここで大切なのは、やっぱりリスク回避の発想だろう」

「それではゴッホ一本槍ではやはりリスクが大きいと……」

「大蔵省と扶桑銀行の了解がとれればいいのでしょう」

久永が勢いこんで訊いた。

「いいかね久永君。間違っても監督官庁やメインバンクに頭を下げて、自分だけうまいこと立ちまわろうなんて考えるんじゃないぞ。監督官庁になだれを打ってなびいていては、舐められるばっかりだ。それは結局、うちから大切な牙を抜き去ろうとする行為だ。企業人としてもっとも大切な負けじ魂が奪いとられてしまう。

企業からすれば確かに役人が握っている公金は甘い蜜だ。しかし役所からすれば、絶えず自由競争に晒されている企業人の闘う姿勢は、それに負けないほど魅力的な蜜のはずだ。どっちがどっちを吸い寄せるかだ。結局向こうに吸い寄せられてなびいた企業は、その分役所化して大量の天下りを押しつけられ、骨の髄までしゃぶられるのが落ちだろう」

渡辺は語気するどく言い放った。

「それが社長のよくおっしゃっておられる、物産マンのDNAというものなんでしょうか」

「まあ、一言でいえばそうかもしれんな。うちには昔〝自主独立、利と徳の共生、文化に暖かい企業〟という社訓があった。物産マンの心意気は、あくまで自力での自立だ。産業プラントでもいったん国を離れたら、他人を当てにしていては何もはじまらないじゃないか。自立しなければわれわれの目指している、人々を幸せにする目標も達成できやしない」

「DNAという言い方には、もう少し歴史的な意味合いがこめられている気がするのですが」

「アメリカのオオカバマダラという蝶だったかな。何世代もかかって北米大陸を縦断し、ついにメキシコの山中に集結する種類がいたな」

「それが何か？」

「私や君たちのなかに流れているワールド物産のDNAは、それとちょっと似ているということさ。つまり一人ひとりは、いまなぜそう行動するのか判っていないが、何世代も通してながめ返してみると、はっきりとその意味がつかめてくる」

「われわれ一人ひとりは平凡な存在だが、雄大なときの流れのなかでひとつの目標に向かって、絶えず動いているということですね。それなら今回の『アイリス』も、しっかりと確保しておくべきではありませんか」

久永はしつっこく喰い下がる。矢代は、摩天楼を見上げながら蕃麻里亜とマンハッタンを散策する姿を浮かべていた自分が、何となしに恥ずかしかった。

「まあ、そう慌てないで聞きなさい」

渡辺は苦笑いしながらつづけた。広瀬秘書課長がエレベーターの下りボタンを押す。

「われわれは美術による社会貢献という究極の目標に向かって羽ばたいてきた。しかしその動きはきわめてのろいものだった。先代社長の東寛司さんが、最初に北大路魯山人や須賀平三郎の作品をあつめられたのは一九三五年ごろだ。今から五二年もまえになる。その動きを受けて笹森社長が美術館をつくられたのは、一九七六年七月八日だろう。四一年もたってからだ。社長でいうと七、八代は後になる。君はそのとき入社していたのかな」

渡辺は久永に向かって訊いた。

「美術館ができる半年まえに、開設準備室へ学芸員として入れてもらいました」

四人ののったエレベーターは地下一階に着いた。ガランとした車寄せのスペースに進んでいくと、守衛が飛び出してきて、どこからともなく黒塗りの社長専用車が滑りこんできた。

「そしてその美術館に『ひまわり』が入ったのは、オープンしてから十一年目の今年というわけだ。もちろん私と笹森社長のあいだには、美術にきわめて冷淡な前社長が存在していたがね」

「それだけ長い時空を飛び越して、アートのＤＮＡがいまに引き継がれてきたというわけですね」

矢代が相槌を打った。

「笹森さんにしても私にしても、自分がそんな歴史的役割を担わされているとは思いもよらなかった。だがそれでも、まるで体内に磁石が埋めこまれているかのように、ひとつの目的に向かって間違いなく進んできた。だからワールド物産に次の大きな変化がもたらされるのは、もう少し先だという気がする。

そうだな、二〇年後の二〇〇七年ごろではないかな。そのころには『ひまわり』はすっかり日本の社会に溶けこんでいて、誰も不思議に思わなくなっているはずだ。無論、私はもうこのこの世に存在してはいないだろうがね」

　矢代と久永はお互いに顔を見合わせた。渡辺はそこまでいい終えると身をかがめ、そそくさと車にのりこんでいった。

幸福の女神

一九八七年十一月十一日。その夜ニューヨークは、一足早いクリスマスを思わせるほど急激に冷えこんだ。あちこちで路面が凍結し、ヨーク街の交通もマヒ状態である。オークションにあつまった二二〇〇人を越える観客は、受付がはじまるとわれ先にセイルズルームへなだれこんだ。そのなかには、なけなしの貯金をはたいて格安航空券を入手し、ようやくブラッドフォード・ニューヨークへたどり着いた蕃麻里亜の姿もあった。

バーゲンで買ったポロシャツから可愛らしい胸元をのぞかせ、金ピカの細いベルトをウエストにゆるく巻き、大きなお尻を無理やりタイトスカートに押しこむ。これにフリーマーケットでみつけたストーンつきのパンプスを組み合わせれば、結構ニューヨークっ子らしい大胆な雰囲気になった。マンハッタンの中心部を歩くのに、あと必要なのは揺るぎない自信だけだ。

とはいえ衣裳だけで八〇〇〇ドルもかけてくるハリウッドスターが近づいてくると、やはり足早に遠のいて、赤絨毯の敷かれたメインスポットを譲るほかはない。カメラのフラッシュが波のように移動するのを無視して、彼女は建物のなかに入った。椅子には座らず、絶えず部屋のなかを移動する。そうして会場のビッダーと受話器をにぎっている代理人たちの連携に目を光らせた。

小走りに移動したため、柱の陰で危うく数人の男たちとぶつかりそうになる。いずれも色浅黒く、こけた頬の上に鋭い目が光っている。蕃麻里亜ははじめ、彼らが日本人だとは気づかなかった。貴公子の呼び声高いオークショニアのジェフリー・バーネットは、シックなタキシードに身をつつみ、定刻どおり会場へ姿を現す。小さ目のハンマーを、人差し指と中指の間に小粋にはさんで、すっくと競売台に立った。

日本のギャラリストがルノワールの「少女頭部」を、まるで自分ひとりの事務的な仕事を片づけるかのように、二三〇万ドル(三億円)で落札した。今宵もジャパンマネーは新たな展開をみせるのだろうか。ルノワールに次いで、ゴッホの「アイリス」は二五番目の登場であった。

「それでは『アイリス』です。一五〇〇万ドル」

ジェフリー・バーネットが澄んだ声で発句を告げた。例によってくどくどしい説明などは一切抜きである。電光掲示板には《二〇億円》の数字がきれいに並ぶ。「ひまわり」にくらべて八億円も高いスタートである。この作品にかけるブラッドフォードの意気ごみが、観客たちにもひしひしと伝わってきた。

「一六〇〇、一七〇〇、一八〇〇、一九〇〇…」

正確に一〇〇万ドル（一億三千万円）刻みで上がっていく。会場からは国際電話に負けないくらいさかんにビッドが入った。

「二七〇〇、二八〇〇、二九〇〇…」

「三一〇〇万ドル（四一億四千万円）」

レコードプライスにはまだだいぶ開きがある。しかしこの時点でビッダーは、早くもふたりに絞られた。ひとりはジョン・キャンベルがとりつぐ電話入札者。もうひとりはやはりブラッドフォードのデイヴィッド・ルイスが代理人をつとめる匿名のコレクターである。ふたりの孤独な戦いがはじまる。

テレビ取材班が、肩かけカメラとマイクの竿を持ってオークションルームの間を走りまわっていた。蕃麻里亜はそのテレビカメラに、カンガルーのマークがついているのを見逃さなかった。よくみるとマークの横にはウッド・コーポレーションのロゴまでついている。「やっぱりね」と思った。

「四〇〇〇万ドル（五三億円）、四一〇〇万ドル」

「ひまわり」のレコードプライスである。観客はよく知っていて会場のあちこちで拍手が起こった。それを境にオークションルームの雰囲気ががらりと変わる。数字はなおもじりじりと競り上がっていく。ふたりに引き下がる気配はまったくない。この度外れた頑なさからすると、またしてもビッダーは日本人とオーストラリア人だろうか。憶測が憶測を呼び、セイルズルームではあらぬ噂が飛び交いはじめた。

そのとき蕃麻里亜は、ジョン・キャンベルのシグナルと会場の太った男の身振りが、妙に呼応していることに気づいた。

「そうか、あれがキャンベルの依頼人かあ。電話は端《はな》からみせかけよね」

とピンとくる。

「四七〇〇、四八〇〇」

ビッダーのペースがやや鈍ったのをみて、オークショニアは上げ幅の単位を下げてきた。

「四八五〇万、四八八〇万」

セイルズルームの前方に陣取っている太った男は、それが気に入らなかったのか、感極まって椅子から立ち上がった。一、二度「四九〇〇万ドル（六五億円）」と叫んだようである。会場の人々はその声の烈しさに凍りついたようになった。わずかながら失笑がもれてくる。ジェフリー・バーネットはそんなことには一切目もくれない。

「四八九〇万、四九〇〇〇万」

キャンベルが軽くうなずいただけで、場内は静まり返り、時計は止まったようになった。ジェフリー・バーネットは一〇秒ほど間合いを入れた。しかしさらなる一声はない。

「いいですか皆さん、四九〇〇万ドルですよ」

突然カーンとハンマーが鳴った。その瞬間会場はどよめき、一転して割れるような拍手喝采になった。思いもかけないレコードプライスに観客たちはわき返る。ブラッドフォードのスタッフもそれに負けないほど興奮している。その奇妙な同調が印象的だった。ゴッホの名品「アイリス」は四九〇〇万ドル（六五億円、手数料こみで五三九〇万ドル、七二億円）でアメリカを離れ、オーストラリア大陸へと渡っていくことになったのだ。

オークションの終了後、ジェフリー・バーネットは

「アートマーケットは必ずしも株式市場には同調しない」

と高らかに宣言する。記者たちから、それでは「買い手は誰か」の質問が飛ぶ。ジェフリーの歯切れのよくない様子をみて、インディペンデント紙のジェラルディーン・ノーマン記者は、ブラッドフォード社オーナーの

「マイケル・タックマン自身ではないのか」

と切りこんでくる。明らかにこのレコードプライスの裏には、何かありそうだと感じている

様子であった。

太った男の方も、オーストラリアの報道陣につかまり、ぐるりととり囲まれている。

「ブラックマンデーに揺さぶられなかったのは奇跡です。これでパースのギャラリー開設にも弾みがつきましたね。ブラッドフォード・ニューヨークのというより、美術界全体の偉大な勝利だ。アメリカズカップ以来の明るいニュースといっていいでしょう」

男は上気して満面に笑みをたたえていた。

「今夜はなんか上手くいくような気がしていたんだ。ようやくみんなに運が向いてきたよ。金額も金額だが、こんな見事なゴッホはみたことがない。もし親引け（不落札）になったら、自分たちのケチな不甲斐なさを一生悔やんだことだろう」

「あのう、コリン・ウッドさんですね」

蕃麻里亜は、みんなの話が途切れるのを待って声をかけた。

「そうです」

カメラをかついだスタッフがふたりに迫ってくる。ウッドはそれを手で制し、蕃麻里亜の方をみていった。

「香港ではなくて、日本の方ですね」

英語の調子で判ったらしい。

「ゴッホの研究をしている蕃麻里亜といいます。あなたはいま幸運と栄光の絶頂にいる人だって、東京の知り合いから聞いてきました」

「あははは。幸運と栄光の絶頂にいるのは日本の銀行の頭取たちじゃないかな。幸運の女神は冷酷な奴で、いつやってきてくれるか判らない。今夜は久方ぶりにその女神と出会えたので、ゆっくりおつき合いしてもらおうと思っているところです。あなたも一緒に飲みませんか。彼女とは仲良くしておいた方がいいですよ」

最初からテンションが高い。蕃麻里亜は、いつかゴッホをゆっくりみせてほしいと切り出す暇もつかめない。ワールドレコードを出した直後だから、それも致し方ないのかなと思った。

「飲むってどこで」

「奥のレセプションルームに極上のシャンパンと、ウッド・コーポレーション自慢のスワン・ビールが用意してあります。よろしかったらどうぞ」

「スワンって鳥のこと」

「オーストラリアのパースでは、川にたくさんブラックスワンが泳いでいて、街のシンボルにもなっている。だからスワン・ビールだ。うちのはバドワイザーなんかよりずっと美味いですよ。こんな機会に、せいぜい売りこまなくてはね。残念ながらアメリカ市場では、まだほとんどシェアがない」

レセプションルームに行ってみると、クリーム色の部屋の真ん中に大きなテーブルがひとつ据えられていた。そこに目の覚めるような緋色のテーブルクロスがかけられている。コックたちがオマール料理を運び入れる。テーブルの上にはグラスが重ねられ、きらきらと光るピラミッドのように聳えていた。

蕃麻里亜は旅費を切りつめるため、朝からほとんど何も食べていない。今ごろになってようやくそのことに気づいた。タキシード姿のゲストたちが少しずつ増えてくる。毛皮の下はほとんど何も着ていないのではないかと思わせる金髪美女もいた。軽いめまいがしてくる。パーティーがはじまってしばらくすると、今度はウッドの方から蕃麻里亜に近づいてきた。

「東京のお嬢さんが、こんな隅っこにいるなんてよくありませんよ。あっちへ行きませんか」

「でも知っている人がいないから、ここでいいです」

「私が紹介してあげましょう。あれがブラッドフォード・ニューヨークのアンディー・ウィルソン社長。横にいるのは経理部長のスティーヴン・サイモンとブラッドフォード・ファイナンシャル・サービス社長のダグラス・フォークナー。それからマーケッティング部門アジア担当の磯貝照子。今夜は別の大陸に引っ掻きまわされて、あんまり彼女の出番はなかったな。

丸顔の男が印象派・近代美術担当のジョン・キャンベル。人当たりはいいが、あれでなかなか抜け目がない。いま話している相手はロスチャイルド会長のチャールズ・ハーディング。二枚目でしょう。ロバート・レッドフォード顔負けだ。画商のレズリー・ワディントンやレオ・キャステリ夫妻もきている。正確にいうと、もう夫婦ではないのかもしれないけれど」

「ワディントン・ギャラリーには、ロンドンでしょっちゅう行ってました」

「あの怖そうなお姉さんはコレクターのイデッサ・ヘンデルス。トロントにつくった個人記念美術館がすばらしい。私は来年パースに、コンテンポラリーアートのギャラリーをつくるんだが、彼女にアドバイスしてもらうつもりだ。イデッサの手前がやり手コーディネイターのジェフリー・ダイチ。それからポンピドー・センターのフルテン館長もあそこにいる」

「コンテンポラリーアートのギャラリーなんて聞いただけで素敵ね。あの黒ずくめの日本人たちは?」

「ナオミチ・アメミヤのグループ。われわれの間では〝ヴァイパーのN〟で通っているアートブローカーだ」

「ヴァイパーって蛇《マムシ》? まあ、嫌だ」

蕃麻里亜は、あれがさっきセイルズルームでぶつかりかかった男たちかと思った。

「ところで麻里亜さん。このパーティーの後、ちょっとしたアトラクションがあるんですけど、ご参加いただけますね」

「ええ、いいですよ。今夜はほかに予定はありませんから」

蕃麻里亜は自らの大胆さに自分でも驚いていた。私はこんなところにいて、一体何をやっているのだろうかという思いが、ふと脳裡をよぎる。気がつくとゲストたちはひとり減り、ふたり減りして、ふたたび潮が引くように建物から消えていった。彼女はただぼんやりとシャンデリアをながめていた。

「やあ、お待たせしました」

「セレモニーの方はもういいんですか」

「今夜は私主催のパーティーではない。私が落札したことはまだ誰も知りませんよ。それよりアトラクションに行きましょう」

「アトラクションといっても、ゲストたちは皆帰ってしまいましたけど」

「それはこの上です」

「はあ?」

ウッドは小首をかしげている蕃麻里亜の細い腕をとった。

ふたりはレセプションルームを出て、やや旧式のエレベーターにのる。ウッドは迷いなく一番上のボタンを押した。エレベーターはちょっと揺れながら、ゆっくりと上昇していった。扉が開くと真っ暗なながめの向こうから、スーッと夜の凍えるような冷気が吹きこんでくる。ニューヨークに聳えている高層ビルの屋上である。

よくみるとそのなかほどに一台のヘリコプターがとまっていた。ボルトの頭を露出させた、戦闘機を思わせる頑丈そうなつくりである。

「どうするの？」

彼女は訊いた。

「こいつにのって夜のマンハッタンを散歩するんです」

パイロットが早くこいと手招きしている。だいぶ待機していたのだろう。夜空にけたたましいエンジン音が轟き、巨大なプロペラがゆっくりとまわりはじめた。蕃麻里亜はようやく覚悟をかため、背を屈めながら近づいていった。エンジンオイルの匂いがぷんと鼻をつく。のりこむ瞬間パイロットの腕のタトゥー（入れ墨）が目に入る。ベトナム戦争の経験者だろうか。妙に北東アジア的な図柄だなと思った。

ヘリコプターはしばらく唸り声を上げていたが、やがていきなり前のめりになってフワリと空中に浮いた。そのまままっすぐに上昇していく。ヘリポートが小さくなり、屋上全体がちっぽけな長方形になった。横をみると巨大な摩天楼に無数のライトが灯っている。大きな一枚の光の壁である。まるで深海に浮かぶ電気クラゲの群れか、実体のない巨大なパネルのようだった。

ヘリコプターは前傾姿勢のままゆっくりと前へすすんでいく。パイロットは慣れているらしく、高層ビルのすぐわきをガラス窓に密着するようにして飛んでいく。ぶつかると思った瞬間、ヘリコプターはビルとビルの間のわずかな隙間に入りこんでいった。そして向こう側から別の光の壁が、斜めになってぐんぐん迫ってくる。ガラスの壁どうしが反射して、もうどれとどれが本物だか判別できなくなっていた。

天と地さえ定かではない。ここは現代文明のたどりついた天国だろうか。それとも遠い未来の地獄なのか。蕃麻里亜は思わずコリン・ウッドにしがみついた。彼女の豊かな胸が、男の太い腕にぎゅっと熱く押しつけられた。

「このヘリコプターは誰のために用意したの」

彼女は悪戯っぽく訊いてみる。

「永銀の小野原頭取とふたりだけで会談する予定だったんだけど、土壇場でキャンセルされちゃった」

パイロットが意外にまじめな顔で答える。

「いや、ニューヨーク市長の誕生祝いだ」

ウッドはあわてて訂正した。

「イタリア系の市長さんでしょう。笑顔がチャーミングよね。私もぜひお会いしたいわ」

蕃麻里亜が素っ頓狂な声を上げた。

「でもマンマ・ミーアの市長なんかいない方がいい。今夜はあなたとふたりだけで散歩するんだ。『アイリス』と一緒にやってきた麻里亜さんは、私にとっては幸運の女神そのものだ。ついでに、もうひとりの女神とも対面しますか。すぐそばに寂しく突っ立っていますよ」

「素敵、是非みたいわ」

「お望みとあれば、こいつはジョン・F・ケネディ空港だけでなく、アラスカへだって飛んでいく」

「ウッドさんには出来ないことなんて、何ひとつなさそう」

「あははは。ブラックマンデーが何だ。世界恐慌がどうした。この世は欧米だけでできているわけじゃない。オーストラリアも日本も、まだまだ伸びていく。よーくみていてくださいよ、勝負はこれからだ。いよいよコリン・ウッド様一世一代の大見せ場にさしかかるから」

彼女が何かいおうとしたとき、ヘリコプターは摩天楼の土手っ腹につっこむほど急接近した。ヘリコプターの前面は光の渦でいっぱいになる。彼女はただ悲鳴を上げるしかなかった。床が軋み蕃麻里亜は奇妙な角度に投げ出した足に思わず力をこめた。その瞬間フリーマーケットでみつけたパンプスの紐が、鈍い音を立てて切れた。

タトゥーのパイロットには、若い日本女性の悲鳴がたまらなく刺激的らしい。ますます危ない飛行にのめりこんでいく。ヘリコプターは、ロックフェラーセンターから双子の世界貿易センタービルを越えて、いつしか海上に出ていた。

「どうしよう、これ」

蕃麻里亜はウッドにパンプスをぶら下げてみせた。

「ニューヨークにだって靴屋の一軒ぐらいはありますよ。気に入るかどうか判らないが、フェラガモで買えばいい」

「そうね」

彼女はパンプスを脱ぎ捨てて、両足とも裸足になった。足首が紐から開放されて急に軽くなったような気がした。ヘリコプターが傾くたびに靴は床の上を滑っていった。それをみていた蕃麻里亜は、ふいにゴッホの「足の靴」という絵を思い出した。使い古した一足の靴を律義に描いた作品である。やるせない気分に襲われ、物悲しくさえなってくる。

「窓を開けてくれない」

蕃麻里亜は小さな声でいった。タトゥーのパイロットはヒューと口笛を吹くと、操縦席から大きく身をのり出して、左側の小窓を全開にしてくれた。彼女はそこへ無理やりパンプスを押しこむ。靴は大きくカットされたストーンをきらきらと煌らめかせながら、螺旋を描いて暗い海面に吸いこまれていった。何だか陰鬱な思いのすべてが自分から離れ、「アイリス」の向こう側に見え隠れしていた死の匂いさえ、一気に暗闇へ抜け落ちていくようであった。

ウッドは相変わらず上機嫌である。一台のヘリコプターは自由の女神を目指し、夜のマンハッタンを酔っ払ったようにさ迷いながら、いよいよ烈しく蛇行していくのだった。

著者紹介

勅使河原 純（てしがわら・じゅん）

1948年生まれ。美術系ライター、キュレイター。

東北大学美学美術史学科卒業。現在世田谷美術館事業部長。

著書に『美術館からの逃走』（1995年、現代企画室、第7回倫雅美術奨励賞）、『暴力と芸術』（2003年、フィルムアート社）、『アンリ・ルソーにみるアートフルな暮らし』（2004年、ミネルヴァ書房）、『絵描きの石原慎太郎』（2005年、フィルムアート社）など多数。

「ひまわり」落札

2006年2月20日　初版第1刷発行

著　　者◎勅使河原 純
発 行 者◎和田禎男
発 行 所◎株式会社めるくまーる
〒171-0022 東京都豊島区南池袋 1-9-10
TEL.03-3981-5525　FAX.03-3981-6816
振替 00110-0-172211
http://www.netlaputa.ne.jp/~merkmal/
装　　幀◎中山デザイン事務所
組　　版◎ピー・レム
印刷製本◎モリモト印刷株式会社

ISBN4-8397-0125-3
乱丁・落丁本はお取替えいたします。